아무튼, 명상

아무튼, 명상

이은경

위고

차례

1부

명상과 개새끼

나의 명상은 어디서 시작되었나 곰곰이 떠올려본다. 내가 명상을 찾은 게 아니라 명상이 나를 찾아왔다. 삶이 날리는 매운맛 펀치를 맞고 정신없이 너덜거리고 있을 때였다. 이 만남에 대해 말하려면 내가 얼마나 망가졌었는지부터 시작해야 한다.

뺨에 양상추가 붙어 있는 아침이 있었다. 고개를 돌리니 베개 옆에 널브러진 햄버거 포장지가 눈에 들어왔다. 머리가 깨질 듯 아팠다. 비틀비틀 들어간 맥도날드에서 베이컨토마토디럭스를 주문하던 장면이 어슴푸레 떠올랐다. 꿈이 아니었다. 몇 번이나 토하고도 좀처럼 나아지실 않았다. 겨우 정신을 차렸을 땐 이미 까만 밤이었다.

나로 사는 게 불편했다. 우울, 분노, 자괴감이 하루하루를 집어삼켰고, 술과 음식에 의지했다. 폭음과 폭식으로 나를 달랜다고 생각했지만 그럴수록 몸과 마음은 더 망가져갔다. 정신과에서 교감신경과 부교감신경 사이 균형이 심하게 무너져 있다는 진단을 받았다. 산더미 같은 약을 처방받아 집에 돌아오는 길엔 웃음이 났다. 망가졌다는 느낌이 혼자만의 착각이 아니라는 게 도리어 안도가 됐다. 술과 약을 함께 먹을 순 없으니 약은 옷장 속에 넣어두었다. 다행히 그 정도 판단은 가능한 상태였다.

원망할 대상은 명확했다. 모두 그 새끼 때문이었다. 그는 내가 홍보하던 브랜드에 새로 부임한 담당자였다. 그와 함께 일한 시간은 처음 경험하는 지옥이었다. 유니크한 갑질. 창의적인 개새끼.

그만두겠다고 결심한 순간이 언제였는지 잘 기억나지 않는다. 새벽 2시, 일하고 있는지 확인하려 사무실로 걸어온 전화를 받았을 때였나. 퇴근 시간이 훌쩍 지난 저녁, 낯선 회의실에서 한 시간이 넘도록 그를 멍하니 기다리던 날이었나. 아니면 평화로운 일요일 아침, 수화기 너머로 쏟아지는 날선 말을 듣고 있을 때였나. 대표님은 내 사직서를 받는 대신 브랜드와의 계약을 종료했다. 짧지만 강렬한 시간이었다.

신나게 괴롭히던 악당은 싱겁게 사라졌다. 그런데 이상하게도 일상이 다음 챕터로 넘어가질 않았다. 여전히 먹고 마시고 토하고, 먹고 마시고 취하고, 사고 치고 토하고 자괴감 느끼고, 또 먹고 마시고 취하고를 반복했다. 청바지가 찢어질 정도(다행히 집이었다)로 살이 찌고, 원형탈모와 불면증이 생기고, 연인과도 친구와도 위태로워졌다. 여느 때처럼 숙취에 시달리며 겨우 오전 근무를 마치고 벤치에 앉아 있던 오후, 발끝에 붙은 그림자가 시야에 들어왔다. 지긋지긋했다. 그때 알았다. 나는 내 그림자조차도 싫구나.

혹시 나를 괴롭히는 악당은 그가 아니라 나였나?

　　명상이 보낸 초대장을 받은 건 그 무렵이었다.
사내 전체 메일로 공지가 도착했다. 회사 옆 새로 생
긴 요가원의 1회 무료 체험권이 있으니 가져가라는
내용이었다. 요가? 그거 스트레칭 아니야? 마음의 여
유도 관심도 없어 그냥 지나쳤다. 며칠 뒤, 상무님이
나를 불렀다. 내 손에 쥐여주신 건 따로 챙겨둔 열흘
짜리 체험권이었다. 운동을 좋아하니 가보라는 다정
한 말을 덧붙이셨다. 상무님과 내 자리가 가까워서였
을까, 아니면 내가 너무 지치고 힘들어 보여서였을
까? 지금 와 생각해보면 둘 다였을 것 같다.

　　따로 챙겨주신 성의를 무시할 수 없어 일단 가
보기로 했다. 요가원에는 다양한 종류의 요가 수업이
있었고 특이하게 명상 수업도 있었다. 명상이 뭔지는
잘 몰랐지만 때마침 점심시간에 맞춰 진행되는 그 수
업이 눈에 들어왔다. 누군가와 함께 밥을 먹을 에너
지도 없는 내게 딱 좋은 핑계였다.

　　명상 수업은 따뜻한 바닥에 포근한 담요를 덮고
누워 듣기만 하면 되었다. 그야말로 최적의 낮잠 장
소, 거부할 수 없는 초대였다. 어디서든 눕고 싶은 일
상이었다. 요가원의 이국적인 향냄새를 맡으면 문을

열기도 전에 나를 꽉 조이고 있던 나사가 느슨해졌
다. 내 집, 내 침대에서도 오지 않던 잠이 요가원에선
쏟아졌다. 선생님의 안내가 스트레스 해소와 몸의 이
완에 효과적인 바디스캔 명상이라는 걸 안 건 한참 뒤
였다. 진지한 수련자들 사이에서 나만의 시에스타가
시작됐다.

　명상 선생님은 늘 짧은 이야기로 수업을 시작했
다. 얼른 누워서 자고 싶었기에 마음은 다른 곳에 가
있었지만, 그날은 달랐다. 선생님의 이야기가 귀에
들어왔다.

　"오늘은 열차를 놓쳐서 제시간에 수업을 시작
하지 못할 뻔했어요. 그 순간 알아차렸어요. 제가 초
조해하고 있다는 걸요. 한 시간이 넘는 거리를 어떤
마음으로 보내며 올지는 제가 선택할 수 있다는 것도
알았어요. 저는 여기까지 평온한 마음으로 왔어요.
늦지 않게 여러분을 잘 만날 수 있어서 다행입니다."

　마음을 선택할 수 있다고? 그 말이 오래 맴돌았
다. 내게 감정은 늘 '당하는' 것, 그래서 마음은 자연
스레 '생기는' 것이었다. 세상과 타인 그리고 사건이
내게 기쁨과 슬픔, 분노와 우울을 안겨주는 것이라
믿었다. 그런데 마음을 선택할 수 있다니. 그게 정말
가능한 일일까? 그때 내 안에 두 개의 씨앗이 심겼다.

하나는 나도 지금의 상태를 벗어나 나아질 수 있을 것이란 기대감, 다른 하나는 회복의 단초가 될지도 모르는 명상에 대한 호기심이었다. 사랑이 시작되는 모습과 닮아 있었다. 사랑은 상대를 알고 싶은 호기심과 그에게 내가 모르는 무언가가 있을 거라는 기대에서 시작되니까.

그날 이후 명상 수업에서 잠들지 않고 안내를 따라가보려고 애썼다. 바디스캔 명상은 몸 구석구석을 천천히 산책하는 시간이었다. 발끝부터 머리끝까지, 마치 오래 알았지만 낯선 친구를 만나는 기분으로 천천히 호흡하며 몸 구석구석에 주의를 기울었다. 선생님의 안내를 따라 내 몸의 목소리를 듣다 보면 어느새 마음도 조금씩 풀어졌다.

그건 나를 다정하게 대하는 연습이었다. 늘 밖으로만 향하던 시선을 안으로 돌려 내 안에 쌓여 있던 감정과 눈을 맞추는 시간이기도 했다. 후회는 과거에, 불안은 미래에 있었다. 몸이 있는 현재에는 아무것도 없었다. 명상이 끝나면 마음은 또 과거와 미래를 부유하며 후회와 불안을 불러들였지만, 짧은 틈에서도 변화는 시작됐다. 명상과 요가를 함께 하며 나를 살피는 시간이 쌓이자 몸과 마음이 차츰 회복됐다. 기대는 확신으로, 호기심은 배우고자 하는 의지로 싹을 틔웠다.

낮잠이라는 얼굴로 찾아온 명상은 내 삶의 풍경을 조금씩 바꿔놓았다. 이제는 누가 시키지 않아도 매일 저녁 자리에 앉아 명상을 하며 하루를 마무리하는 것이 자연스러워졌다. 나 하나 제대로 돌보지 못하던 내가 고양이와 작은 인간을 능숙하게 돌보는 두 아이의 엄마가 되었다. 영원한 친구일 것 같던 술을 끊은 지도 3년이 넘었다.

"파도를 멈출 순 없지만, 파도 타는 법을 배울 수는 있다(You can't stop the waves, but you can learn to surf)." 현대적 마음챙김 명상법을 대중화한 존 카밧진(Jon Kabat-Zinn)의 말이다. 몰아치는 사건과 감정에 휩쓸려 허우적대던 나에게 명상은 삶에서 중심을 잡는 법을 알려주었다.

이 책은 그런 이야기다. 완벽하지 않은 한 사람이 거친 바다에서 넘어지고, 다시 일어나며 파도 타는 법을 배우는 이야기.

매트 위의 명상

요가원에서 명상을 핑계로 잠만 잔 건 아니다. 요가도 했다. 아니, 요가를 더 열심히 했다. 사실 명상보다 먼저 사랑하게 된 건 요가 쪽이었다. 명상이 낮잠이란 미끼로 나를 유혹해 천천히 스며들게 한 사랑이었다면, 요가는 첫눈에 반한 사랑이었다.

요가와 사랑에 빠진 날을 정확히 기억한다. 그날 저녁 나는 요가원에서 반짝반짝 빛나고 있었다. 마라톤 대회에서 공짜로 받은 형광주황색 티셔츠 덕분이었다. 형광은 어두운 조도에도 짱짱한 빛을 냈다. 매트 위에서 쭈뼛거리며 눈치를 보고 있는데, 선생님이 기척도 없이 다가오셨다. 화들짝 놀란 나에게 선생님이 속삭이듯 말했다.

"저기, 지금 앉아 계신 매트가 다른 분 매트여서요. 개인 매트가 없으시면 밖에 있는 공용 매트를 쓰시면 돼요."

네네, 고개를 주억거리며 빨개진 얼굴로 매트를 가지러 밖으로 나갔다. 어릴 적 엄마를 따라 잠시 다녔던 요가원엔 미리 매트가 깔려 있었다. 그 기억에 자연스럽게 빈 매트에 앉았는데 주인이 있었다니. 그러고 보니 동네 요가원과는 사뭇 다른 분위기였다. 일단 거울이 없었다. 눈으로 보이는 자세가 아니라 스스로에게 더 집중하게 만들기 위함이라고 했다. 수

련생들도 달랐다. 나처럼 대충 아무 운동복이나 입은 것이 아니라 요가용 레깅스와 톱을 입고 있었다.

수업은 동작이 끊임없이 이어지는 것이 특징인 빈야사 요가였다. 이를 보고 흔히 플로우(flow)를 탄다고 표현한다. 사람들의 동작이 물처럼 우아하게 흘러갔다. 나는 헉헉, 거친 숨을 몰아쉬며 헬스장을 떠올렸다. "하나만 더, 하나만 더"를 외치던 PT 선생님은 카운팅이 끝나고도 "자, 이제 진짜 마지막!"이라고 외치곤 했다. 얄미운 선생님을 때리고 싶다고 생각하다 운동을 때려치운 참이었다. 그때 귓가에 다정한 목소리가 들려왔다.

"애쓰지 마세요. 애쓰지 않으셔도 괜찮습니다. 할 수 있는 만큼만 하세요."

계속될 것 같은 흐름에도 끝이 있었다. 마지막 자세는 팔다리를 대자로 뻗고 눕는 이완 자세, 요가의 꽃이라고 불리는 사바아사나였다. 갑자기 눈물이 났다. 따뜻한 눈물이 뺨을 타고 주룩주룩 흘러 귓바퀴에 고였다. 선생님은 싱잉볼을 울리고 나지막한 목소리로 우리를 깨웠다. 다행히 어두운 요가 스튜디오에서는 막 울고 난 얼굴과 운동을 마친 얼굴을 구분하기 어려웠다. "나마스떼"로 마무리 인사를 하고 난 뒤에도 자리를 떠날 수 없었다. 혼자서 그대로 멍하니, 한참을 어두운 스튜디오에 앉아 있었다.

　'조금만 더!'와 '그것밖에 못해?'로 점철된 일상에서 무리는 습관이었다. 늘 바쁘고, 할 일에 치여 안간힘을 쓰며 사는 내게 "애쓰지 않아도 괜찮다"는 말은 오래 기다린 위로 같았다. 그 마법 같은 말에 매료돼 요가와 사랑에 빠졌다. 열흘이라는 체험 기간이 끝나기도 전에 1년 회원권을 등록했다.

　점심엔 요가원에서 명상을 핑계로 낮잠을 자고, 저녁엔 요가 수업을 들었다. 일이 늦어지면 중간에라도 꼭 요가를 다녀왔다. 덕분에 퇴근은 자정을 넘기기 일쑤였지만 개의치 않았다. 그야말로 불같은 사랑이었다.

　끝없이 이어지던 생각은 몸을 움직이면 모두 사라졌다. 플랜 B가 아니라 C, D까지 마련해야 겨우 안심할 수 있는 업무 특성 때문에 내 머릿속은 24시간 가동되는 공장이었다. 퇴근도, 주말도 소용없었다. 그런 내게 요가는 일상에서 유일하게 확실한 멈춤의 순간이 되어주었다. 기어코 따라와 한데 뒤섞여 떠오르던 후회와 계획, 생각과 감정은 어느새 몽땅 사라졌다. 시간이 어떻게 흘렀는지, 내가 나인지도 잊는 순수한 몰입. 사무실 책상 앞에서 잔뜩 구겨졌던 몸을 펴는 동안 어느새 구겨진 마음이 함께 펴졌다. 정신없이 몸을 움직이고 사바아사나 자세로 누워 있다 깨어나면 꼭 새로 태어난 것 같았다.

낮잠을 자러 갈망정 꾸준히 명상 수업에 갈 수 있었던 것도, 그래서 마침내 명상에 흥미를 가지게 된 것도 요가 덕분에 가능한 일이었다. 명상을 향한 뭉근한 사랑과 요가를 향한 뜨거운 사랑이 맞물려 돌아가는 날들이었다.

요가와 명상을 만나기 전, 30년 가까운 시간 동안 몸과 마음은 서로 별개의 존재라고 여기며 살았다. 몸은 마음이 가는 대로 따라와야 하는 통제의 대상이었다. 졸린 걸 참아내며 일을 하고, 그렇게 일만 하며 보낸 시간이 아까워 또 졸음을 물리치고 술을 마셨다. 내가 주의를 기울이는 건 눈에 보이는 몸의 형태뿐이었다. 거울 속 내가 미워 보이기 시작하면 억지로 먹는 걸 줄이거나 단기간의 운동으로 살을 빼려 애썼다.

몸은 꾸준히 얘기하고 있었다. 아프다고, 힘들다고, 너무 몰아붙이지 말라고. 내 마음이 그걸 들어줄 여유가 없을 뿐이었다. 요가는 몸의 목소리를 듣는 시간이었다. 그렇게 불화하던 몸과 마음은 매트 위에서야 만났다.

    요가 경전 『요가수트라』에서는 요가를 "마음의 작용을 멈추는 것"이라고 정의한다. 요가는 단순한 운동이 아니라 몸을 통해 마음을 알아차리는 수련이자 내면의 성장을 이끄는 수행이었다. 요가를 '움직이는 명상'이라고 부르는 이유이기도 했다. 요가와 명상은 다른 듯 보였지만 결국은 같은 본질을 향해 나아가고 있었다. 요가는 몸을 움직이며 마음을 알아차리게 했고, 명상은 고요히 멈춰 마음을 들여다보게 했다. 한쪽은 움직임, 다른 한쪽은 고요였지만 같은 바다를 향해 나아가는 두 갈래의 강이었다.

술과 나

명상을 하는 목표는 단순했다. 사는 게 벌 받는 것처럼 괴로워서, 이 괴로움에서 벗어나고 싶었다. 명상 선생님의 말처럼 마음을 선택할 수 있다면 간절하게 평온함을 선택하고 싶었다. 행복까지는 바라지도 않았다. 뭐가 그토록 괴로웠을까.

처음엔 단순히 상황 때문이라고 생각했다. 쉴 틈 없이 돌아가는 고된 업무와 주변 사람들이 나를 숨막히게 한다고. 하지만 그보다 먼저 존재한 괴로움이 있었다. 굳이 시작점을 찾자면 타고난 성정 탓도 있다. 나의 기억 이전의 삶은 남의 시선으로 구성된다. 나였지만 내가 모르는 나의 모습, 주로 주변 어른들의 증언이다. 엄마, 아빠, 이모, 할머니, 엄마 아빠의 친구들, 유치원 원장님은 말했다.

"너처럼 예민한 애가 없었어."

엄마만 그렇게 얘기했다면 엄살이라고 생각했을 텐데 모두가 입을 모아 말하니 받아들이지 않을 도리가 없었다. 안 자고, 안 먹고, 낯을 많이 가리고, 울기도 많이 울어서 육아 난이도가 보통 높은 게 아니었다고 했다.

엄마는 밤낮을 모르고 우는 나를 업고 날마다 밖으로 나갔다. 좀처럼 달래지지 않는 아이를 등에 업고 동네를 하염없이 걷던 밤, 다음 날 아침이면 동네 아줌마들에게 아이가 어디 아픈 것은 아니냐, 병원에 데리고 가보는 것이 어떻겠냐는 걱정 섞인 핀잔을 들었다. 하지만 그때의 엄마에겐 나를 둘러업고 밖으로 나가는 것 말고는 달리 방법이 없었다. 가끔 그 시절 엄마가 얼마나 힘들었을지 가늠해보다가 아득해져 멈추곤 한다.

결혼 후 엄마와 둘이 시장에 갔던 날이었다. 엄마와 팔짱을 끼고 가게를 둘러보다 지나는 말처럼 툭 던졌다.

"엄마, 나 아이는 안 낳을래."

엄마는 가던 길을 멈추고 갑자기 소리를 꽥 질렀다.

"안 돼!"

그리고 이어진 말.

"내가 너 땜에 얼마나 고생을 했는데. 너도 해봐야지!"

손주를 보고 싶은 욕심보다 본인이 겪은 힘듦을 딸도 알게 하고 싶은 마음이 무엇인지 알 것 같기도 한데 모르고 싶기도 했다. 엄마의 바람 때문은 아니었지만 아무튼 나도 결국 아이를 낳았다. 나의 아들은 할머니의 기대에 부응하기 위해서인지 잠도 잘

안 자고, 많이 울고, 잘 안 먹는 제법 까탈스러운 아이다. 이 정도로는 엄마 성에 차지 않나 보다.

"너에 비하면 애는 순둥이야. 아준이 같은 애는 열도 키운다."

고생한 엄마에겐 미안한 소리지만 나도 나로 사는 게 쉽지 않았다. 예민한 성정 탓에 늘 긴장하며 살았다. 조금이라도 당황스러운 상황에 처할 때면 얼굴이 새빨개지고 눈물이 뚝뚝 떨어졌다. 손톱이 손바닥을 파고들 정도로 주먹을 세게 쥐면 눈물은 대충 참아졌는데, 몸을 어떻게 조작해도 얼굴이 빨개지는 건 멈출 수가 없었다. 사람들의 주목을 받으면 손쓸 틈 없이 얼굴이 불타오르듯 빨개졌다. 목부터 두 뺨, 귀까지 불덩이를 삼킨 듯 화끈거리는데 그걸 잠재울 수 없는 무력함이란.

학창 시절 나를 따라다니던 별명은 홍당무 아니면 토마토였다. 둘 다 싫었다. 우리 집엔 나처럼 시도 때도 없이 얼굴이 빨개지는 아이가 나오는 장 자크 상페의 『얼굴 빨개지는 아이』가 두 권이나 있다. 얼굴이 빨개지는 아이에게 이런 책을 선물한 짓궂은 친구가 둘이나 있었다는 이야기다.

이 증상엔 '안면홍조증'이라는 병명이 있다. 병명은 있지만 원인은 몰라서 고칠 수가 없었다. 마음의 문제인지, 피부의 문제인지 알 수 없어서 피부과도 가보고, 한의원도 가보고, 종국엔 정신과까지 갔다. 의사 선생님은 내 이야길 차분히 듣더니 말했다.

"마음을 좀 편하게 먹어보면 어떨까요?"

그러게요, 선생님. 그게 됐으면 제가 여기까지 안 왔겠죠? 그런 말이 목 끝까지 차올랐지만 빨개진 얼굴로 고개를 끄덕였다. 면접이나 중요한 일이 있을 때는 심장박동수를 낮춰준다는 약을 처방받았다. 분명 도움이 될 거라고 했는데, 내 긴장과 부끄러움은 약의 효능을 압도했다. 약을 먹고 면접에 임해도 두근거리는 심장과 빨개지는 얼굴은 막을 수가 없었다.

나는 늘 잔뜩 당겨진 팽팽한 줄 같았다. 중고등학교 시절엔 학교에서 돌아오면 에너지가 바닥이었다. 엄마는 대답도 없이 방문을 닫고 들어가버리는 뾰족한 내 뒤통수를 자주 바라봐야 했다. 대학에서는 그나마 좀 나았다. '혼밥'이라는 단어가 없던 시절부터 혼자 밥 먹는 걸 좋아했다. 학교에서 가장 좋아하는 공간은 도서관 자료실과 음악감상실이었다. 구석진 공간에 몸을 구겨넣고 가만히 있으면 마음이 차분해졌다.

그런 내가 남들 앞에 서는 일이 얼마나 어려웠

을지 상상이 되는가. 대학교 조별 수업에서는 발표에서 빼주는 조건으로 무슨 일이든 다 맡았다. 회사 생활도 쉽지 않았다. 홍보라는 일에는 내가 생각했던 것처럼 뒤에서 조용히 자료를 만들고 전략을 짜는 일도 있었지만, 낯선 사람과 연락을 주고받고, 얼굴을 마주하는 일도 많았다. 전화라도 걸라치면 시나리오를 짜고 심호흡을 수차례 하고 나서야 통화 버튼을 누를 수 있었다. 이렇게 사소한 일에도 매번 가슴이 쿵쾅거리고, 불편했다. 남들 앞에서 당당하고 조리 있게 말하는 사람들이 부러웠다. 긴 시간 완벽하게 준비해도 사람들 앞에 서면 얼굴이 빨개지고 어버버하기 일쑤였다. 더 많이 준비하고, 덜 인정받는 건 참으로 가성비가 떨어지는 삶이었다. 다들 쉬운 일이 나한테만 어려운 것 같았다. 스스로가 조립이 잘못되었거나 중요한 부품이 빠진 불량품처럼 느껴졌다.

성인이 된 후론 나름의 해결책을 찾았다. 술이었다. 손대면 톡 끊어질 것같이 팽팽하던 줄은 술을 마시고 취기가 돌면 느슨해졌다. 몇 잔 마신 후에는 이미 얼굴이 빨개졌기 때문에 더는 빨개지는 얼굴을 걱정하지 않아도 된다는 사실도 좋았다.

고삐 풀린 듯 마시던 대학 시절, 어떤 선배는 나를 보고 말했다.

"은경아, 보통 애들은 술보다 술자리를 좋아하거든? 근데 너는 술을 좋아하는 것 같아."

어디에나 쓸데없이 눈치가 빠른 사람들이 있다. 맞다. 나는 술이 좋았다. 술이 내게 허락해주는 느슨함과 이완된 느낌이 좋았다. 취기가 돌면 바깥을 향해 쉴 새 없이 움직이던 커다란 레이더의 전원이 꺼졌다. 그와 함께 절제의 전원도 꺼졌다. 딱 좋은 시점에 멈추지 못하고 브레이크가 고장 난 사람처럼 마셨다.

취직을 하고는 일이 힘들다는 핑계로 더 신나게 마셨다. 당시 일하던 회사 맞은편엔 작은 오뎅바가 있었다. 남산타워조차 불이 꺼지는 늦은 밤, 여전히 빛나는 오뎅바의 붉은 등은 우리의 위안이었다. 야근을 마친 동료들과 그곳으로 불나방처럼 이끌려 갔다. 푸근한 인상의 노부부는 메뉴에 없는 짜장라면도 뚝딱 끓여주셨다. 그럼 한 잔이 두 잔이 되고, 두 잔은 세 잔이 되어 결국 택시 뒷자리에 눅진하게 녹아 집에 실려가기 일쑤였다. 이렇게 다정하셨는데 먹지도 않은 메뉴까지 계산서에 올린 건 분명 실수였겠지? 계산할 땐 늘 만취 상태여서 한 번도 따지지는 못했다.

이렇게 마신다고 일상의 고단함이 지워지는 것도 아니었다. 오히려 더 고단해졌다. 그렇잖아도 적은 월급의 대부분은 술값과 택시비로 날아갔고, 몸은 상해갔다. 무엇보다 큰 문제는 나의 술버릇이었다. 내가 술과 함께 만든 흑역사는 너무 길고 부끄러워 여기에 다 적을 수조차 없다. 괴로워서 마신 술이 다시 괴로움을 낳는 악순환의 반복이었다. 알면서도 멈추질 못했다. 자기 파괴적인 습관을 반복하고 후회하는 건 나만의 일은 아닐 것이다. 나의 정도는 꽤 심한 편이었지만.

그러니 나의 무너짐을 클라이언트 탓으로만 돌리는 건 어쩌면 그에겐 억울한 일일지도 모른다. 그는 그저 이미 있던 악순환의 고리가 세차게 돌아가도록 부채질했을 뿐이었다. 장작을 넣고 바람을 불어도 불씨가 있어야 불이 붙는다. 괴로움의 불씨는 그가 만든 게 아니라 이미 내 안에 있었다는 걸 나중에야 알았다.

"그럼 술만 끊으면 되는 거 아니야?" 누군가는 말할 수 있다. 당연히 시도해봤다. 그런데 10년 넘게 반복해온 습관을 바꾼다는 건 그렇게 단순하지 않았다. 나의 성정을 미워하지 않고 이해하게 된 것도, 술과의 관계에 마침표를 찍은 것도 명상을 시작한 지 한참이 지난 후에야 가능해진 일이었다. 지금은 술과 깨끗하게 이별했지만 그때는 이런 내 모습을 상상조차 할 수 없었다.

매직 머시룸

"헬스장의 경쟁자는 누굴까요?"

선생님이 물었다.

"글쎄요. 도넛?"

"도넛은 헬스장을 돕는 거겠죠? 헬스장의 경쟁자는 위고비예요. 그럼 명상의 경쟁자는 누굴까요?"

모르겠다고 고개를 저었다.

"LSD, 실로시빈 같은 사이키델릭 약물이죠."

그때 사막의 풍경이 떠올랐다. 압도적인 고요와 극한의 아름다움이 있는 곳. 그리고 거기서 만난 한 님지에…. '마약과 사막과 남자애'는 묘하게 퇴폐적이고 이상한 상상을 불러일으키지만 아쉽게도 그런 이야기는 아니다.

그해 아프리카 대륙의 북서쪽 끝, 모로코에 갔던 건 오직 사막에 가기 위해서였다. 마라케시에서 시작해 사하라사막으로 향하는 2박 3일 투어를 예약한 참이었다. 사하라사막의 입구인 메르주가까지는 북아프리카 최고봉을 품은 아틀라스산맥을 넘어 차로 열 시간 가까이 달려야 한다. 중간 기착지에서 하룻밤을 묵고 사막에서 한 번의 밤을 보내고 돌아오는 여정이었다.

마라케시는 핑크빛 점토로 지은 전통가옥이 빼

곡해 '붉은 도시'로 불린다. 그 도시는 거대한 감각의 미로였다. 좁고 구불구불한 골목마다 향신료와 가죽, 허브 냄새가 뒤섞여 있었다. 손으로 그린 모자이크 타일과 반짝이는 유리 램프, 알록달록한 패브릭과 황금빛 공예품이 시야를 어지럽혔다. 다행히 길도 잃고 나도 잃기 전에 투어를 떠나는 날이 되었다. 숙소 밖에서 나를 기다리고 있던 9인승 밴의 문을 여니 귀여운 여자애 두 명과 뚱한 표정의 남자애 하나가 인사를 했다.

우리는 함께 사막을 향해 달렸다. 굽이치는 산길 위로 깨끗한 햇살이 부서지고, 거칠고 고요한 대지가 끝없이 펼쳐졌다. 한참을 달려 멈춘 곳은 점심을 먹을 장소였다. 그제야 서로 인사를 나눴다. 모로코인 가이드 핫산, 영국에서 온 여자애 둘, 그리스에서 온 남자애 그리고 나까지 총 다섯이었다. 뚱한 첫인상과 달리 남자애는 말이 참 많았다. 내가 한국인이라는 걸 듣더니 태권도 얘기를 시작했다. 그냥 무슨 말이라도 혼자 떠들고 싶었는지도 모른다. 국민의 대부분이 정규교육 과정처럼 태권도를 배우는 태권도의 나라에서 온 내게 그 역사와 수련 방법을 늘어놓다니…. 가이드 핫산은 이미 멀리 도망간 지 오래였고, 여자애 두 명은 모로코 전통 스튜인 타진만 열심히 먹었다.

"대학 다닐 땐 일주일 동안 매일매일 태권도를 했어."

분위기를 바꿔보려고 내가 끼어들었다.

"와, 너 정말 대단하다. 내가 대학생 때 맨날 한 건 술 마시기밖에 없는데."

여자애들이 꺄르르 웃었다. 드디어 화제가 우리에게 넘어와 술 마시고 놀던 시절 이야기를 잠시 나누는데, 그리스 남자애가 대화를 끊고 다시 말을 시작했다.

"내가 왜 그렇게 태권도를 열심히 했냐면…."

자기 말에 취한 그 아이를 뺀 우리 셋은 눈빛을 교환했다. 만난 지 얼마 되지 않았지만 우리는 직감으로 알았다. 이 여행이 제법 피곤해지리라는 걸.

마라케시와 메르주가의 중간 즈음, 사막으로 가기 전 하룻밤을 묵을 호텔에 도착했다. 가파른 협곡이 파노라마처럼 펼쳐지는 비현실적인 풍경을 바라보며 민트티를 마셨다. 눈앞에 펼쳐진 장관보다 더 기쁜 건 드디어 허락된 귀의 자유였다. 아침까지는 혼자만의 시간이었다. 조용하고 달콤한 휴식이었다.

문제는 다음 날 아침이었다. 조식을 먹으러 식

당에 들어갔는데 남자애가 앉아 있었다. 나중에 다시 와야겠다고 생각하며 등을 돌리려던 찰나 그 애가 나를 발견하고 손을 흔들었다. 어쩔 수 없이 손을 마주 흔들고 과일과 빵을 몇 가지 담아 그 애 앞에 앉았다. 얘기를 듣는 둥 마는 둥 하면서 밥을 먹는데 남자애 입에서 흥미로운 단어가 나왔다. 나는 냉큼 말을 받았다.

"어! 나도 명상해. 요가원에서 하는 명상인데…."

"아 그래? 나는 정말 특별한 경험을 한 적이 있어."

그래, 확실하다. 이 아이는 '대화'의 뜻을 모른다. 대화를 뜻하는 영어 단어 'conversation'의 어원은 '함께'를 뜻하는 'con'과 '지내다', '돌리다'를 의미하는 'versare'에서 왔다. '함께'라는 개념이 애초에 없는 아이 같았다. 그나마 다행인 건 명상은 걔가 1박 2일 동안 수없이 쏟아낸 말 중 유일하게 흥미로운 주제였다는 사실이다. 반쯤은 포기한 상태로, 반쯤은 궁금한 채로 무슨 경험이었는지 물었다. 어차피 묻지 않아도 말했을 테지만….

"내가 명상을 하고 있는데, 영혼이 빠져나와서 명상을 하고 있는 내 몸을 바라봤어."

아니…! 이 아이가 유체 이탈을 경험할 정도로 수련이 깊은 아이였던 걸까? 깨달은 사람이라 이렇게 남의 눈치를 안 보고 행동하는 거였나? 그런 생각이 스치며 이 친구에 대한 평가를 수정해야 할지 빠르게 고민하고 있는데 이어진 말은 내 기대를 가볍게 꺾어 버렸다.

"친구들은 '매직 머시룸' 때문이었다고 말하지만 나는 내 수련 덕분이라고 생각해. 요새도 매일 명상하거든."

매직 머시룸… 훗날 내가 요가 선생님의 입에서 듣게 될 환각 성분인 '실로시빈(psilocybin)'이 바로 이 버섯에 들어 있다. 뇌의 세로토닌 수용체에서 인지, 감각, 감정을 변화시키고 환각을 유발하는 성분이다. 그러니까, 그 애는 마약을 먹고 환각을 경험한 거다. 깨달음과 비슷하게 느껴지는 상태를 경험했는지도 모른다. 실로시빈이 자아를 해체하고, 깊은 명상 상태와 유사한 효과를 일으킬 수 있다고 알려지기도 했으니까.

요가 선생님이 괜히 명상의 경쟁자로 사이키델릭 약물을 언급한 게 아니다. 알약 하나로 깊은 명상에 든 것과 같은 효과를 얻을 수 있다면 누가 가부좌를 틀고 앉아 몇 시간씩 수련하겠는가? 실로시빈을 비롯해 LSD, 메스칼린 등 마약으로 분류되었던 사이키델릭 약물은 최근 들어 우울, 불안, 중독 등의 치료제이자 영성 탐구의 도구로 주목받고 있다. 넷플릭스는 이 약물들의 역사와 활용 가능성을 보여주는 〈마음을 바꾸는 방법(How to Change Your Mind)〉이라는 제목의 4부작 다큐멘터리도 제작했다. 물론 그리스 남자애에게 매직 머시룸 이야기를 들을 땐 이런건 아무것도 몰랐지만 하나는 분명하게 알 수 있었다.
'이 아이… 내가 생각한 것보다 더 이상하다….'

이상한 애가 있고 없고와 상관없이 사막은 압도적으로 아름다웠다. 사막 입구에서 낙타를 타고 숙소로 향했다. 사막의 복판에 차려진 천막들이 우리의 숙소였다. 겉에서 보기엔 그냥 커다란 천막이었지만 안에는 세면대와 화장실까지 갖추고 있었다. 식당으로 꾸린 천막 안에서 함께 저녁을 먹고, 모래언덕을 배경으로 모로코 전통 공연을 관람했다. 사막 입구부터 우리와 함께 온 낙타 인솔자들은 훌륭한 아티스트이기도 했다.
이제 가장 고대하던 시간이었다. 모래언덕에 앉아 별을 기다리는 시간. 빛이 없는 사막 하늘에 별이 하나둘 떠오르기 시작했다. 내일은 다시 마라케시로 돌아간다. 이른 아침부터 열 시간을 내리 달릴 예정이었다. 길고 고된 여정이 하나도 두렵지 않았다. 그 정도로 아름다운 하늘이었다.

모든 게 완벽하고 행복하게 마무리되었다면 참 좋았겠지만 여행은 늘 문제를 단짝처럼 데리고 다닌다. 다음 날 아침, 사막 입구에서 우리를 기다리고 있던 건 여기까지 타고 왔던 넉넉하고 쾌적한 9인승 밴이 아니라 낡은 5인승 SUV였다. 차의 2열은 성인 셋이 타기엔 꽤 비좁았고, 가운데 자리는 발 놓는 곳에 높은 턱까지 올라와 있었다. 제대로 앉기도 힘들고, 어디에 기댈 수도 없는 자리였다. 갑자기 차가 고장 난 터라 어쩔 수 없었다고 핫산도 곤란한 표정을 지었다. 남자애는 뒤도 돌아보지 않고 재빠르게 운전석 옆자리를 차지했다. 남은 우리 셋은 꾸역꾸역 뒷좌석에 구겨졌다.

열 시간 가까운 길을 오는 동안 우리 셋은 서로 자리를 양보하며 불편한 가운데 자리에 돌아가며 앉았다. 잠시 차가 멈추면 튕겨지듯 차에서 나와 굽은 허리를 톡톡 두드렸다. 해가 뉘엿뉘엿 질 때가 되어서야 마라케시에 도착했다. 목적지에 도착해 차가 멈추자 앞자리에서 쿨쿨 자던 남자애는 그제야 기지개를 길게 켜며 늘어지게 하품을 했다. 긴 여정 동안 눈도 못 붙인 우리 셋은 잔뜩 곱아 있었다. 그 남자애의 모습을 보고 주먹을 불끈 쥔 건 나만은 아니었다. 페이스북 아이디를 알려달라는 남자애에게 이를 꽉 깨물고 옅은 미소를 지으며 작별 인사를 했다. 우리 셋은 그길로 함께 저녁을 먹으러 갔다. 비로소 대화가 시작됐다. 절반은 걔를 흉보는 거였지만.

요가 선생님이 명상의 경쟁자로 LSD와 실로시빈을 이야기하는 동안 내 안에서 아름다운 사막의 풍경과 낙타 등의 거칠거칠한 감촉과 귀여운 사람들과 다시는 만나고 싶지 않은 애의 얼굴, 이 모든 이야기들이 빠르게 스쳐 지나갔다. 선생님을 바라보며 빙긋 웃었다. 위고비가 헬스장의 경쟁자일 수 있어도, 약물이 명상의 경쟁자가 될 수는 없다. 나는 진심으로 그렇게 믿는다. 깊은 명상의 상태나 자아가 해체되는 경험을 잠시 할 수 있어도 그 경험이 나를 더 나은 사람이 되게 해주지 않는다면 다 무슨 소용일까.

문득 기억 하나가 떠오른다. 사막에서 맞이한 아침, 텐트 밖으로 나왔을 때 모래언덕에 있는 형체를 발견했다. 호리호리한 걸 보니 그 남자애인 것 같았다. 정말 그 애 말처럼 명상을 하고 있는 걸까? 그렇다고 하기엔 손을 휘적이고 있는데, 새로운 종류의 명상인가? 가까이 다가가 보니 그 애는 신호가 잡히는 자리를 찾기 위해 휴대폰을 높이 들고 모래언덕 위를 돌아다니고 있었다.

덜 한심한 사람이 되고 싶은 한 조각의 의지

미신을 좋아했다. 떨어진 속눈썹에 소원을 비는 귀여운 수준부터 타로카드나 사주처럼 미래를 점쳐주는 류까지 모두 다. 신점을 처음 보러 갔던 건 막 대학생이 된 스무 살 때였다. 무당 중에서도 용하기로 유명한 '갓 신내림 받은 무당'에 대한 소문이 동네에 파다하게 돌았다. 엄마와 함께 간 그곳에서 들은 당부는 이랬다. 음침한 곳과 기운이 맞지 않아 잡귀가 들러붙을 수 있으니 지하에 있는 클럽이나 술집을 조심할 것. 이미 내 안의 나만으로도 너무 여럿인 것 같아 벅찬데 거기에 잡귀라니. 혹시 엄마가 미리 꾸민 건 아닐까 의심하면서도 그런 곳엔 얼씬도 하지 않았다.

그 뒤로는 주로 가벼운 타로나 사주를 봤다. 거기선 귀신 얘기 같은 건 들을 리 없을 테니까. 애먼 카드 앞에서 지원한 회사의 당락, 이직 시점, 상대의 마음을 물었다. 시간이 지나면 자연스럽게 절로 알게 될 것들이 궁금했다. 마음은 참 신기하기도 하지. 원하는 회사에 갈 수 있다는 얘길 들으면 이미 합격한 듯 기뻤다. 오지 않은 미래가 희망이 아니라 그저 불안이었던 시절, 마음에 불안감이 퐁퐁 솟아오르면 자연스럽게 그쪽으로 발걸음이 향했다. 그들이 정말 결과를 맞혔는지는 기억이 안 난다. 나한테 필요했던 건 즉각적인 위안이었다. 비록 틀린 답일지라도 그게 중요하진 않았다.

커피 한 잔 값의 싸구려 힐링으로 불안을 잠재우며 보내다 이십대의 막바지에 명상을 만났다. 그런데 괴로움을 잊고 싶어서 시작한 명상이 나를 괴롭게 했다. 선생님의 안내를 따라가는 명상은 그나마 나았는데, 침묵 속에 가만히 앉아서 명상을 하기 시작하면 머릿속에선 괴로움의 아우성이 터져 나왔다.

'오늘 누워서 하는 명상이 아니야? 잘못 왔다! 밥이나 먹을걸.'

'지루해. 오늘은 또 얼마나 하려나?'

'아까 보낸 메일에 그 내용을 포함했던가? 뭔가 빠뜨린 게 있는 것 같은데….'

'콧잔등 간지러워. 잠깐 움직여서 긁으면 선생님이 아실까?'

'배에서 꼬르륵 소리 나면 어떡하지?'

'다른 사람들은 지금 무슨 생각 할까? 선생님은 아무 생각도 안 들까?'

'아니 잠깐, 어제 먹은 점심값 친구에게 보내줬나?'

그러다가 아주 가끔 평온이 찾아오기도 했다.

'아, 좋다.'

하지만 이건 찰나의 순간. 좋다고 느끼자마자

지루함과 잡생각은 다시 재빠르게 달려왔다. 꽤 많은 시간이 흘렀으리라 기대하며 실눈을 뜨고 시계를 본다. 5분도 채 지나지 않았다는 걸 알게 되었을 때의 절망감이란! 게다가 다른 사람들은 어찌나 고요해 보이는지. 대체 이 지루한 명상을 왜 하는 거냐고 투덜거리면서 다시 눈을 감고 억지로 호흡을 이어가다가 종국엔 이런 생각이 찾아왔다.

'나는 정말 명상이랑 안 맞나 봐.'

지루함과 자꾸 밀려오는 생각의 파도에 괴로워할 때 명상 선생님은 말씀하셨다. 원래 우리 마음은 이 가지에서 저 가지로 옮겨 다니는 원숭이와 같다고. 잡히지도 않고, 잡으려고 할수록 힘만 든다고. 그저 바라보기만 하면 된다고. 내가 가진 상식으로는 이해되지 않는 행위였다. 그걸 바라보면 무얼 하나. 당장 막대기라도 가져와서 잡아야 하는 것 아닐까? 아무것도 하지 않는 것은 적극적으로 무엇을 하는 것보다 훨씬 힘들었다.

기능적 자기공명영상(fMRI) 같은 최신 기술과 신경과학의 발전은 이 원숭이들의 정체를 밝혀냈다. 뇌 영상에서 우리가 휴식할 때 작동하는 신경망을 발견한 것이다. 이 신경망은 특정한 작업을 수행할 때는 활동이 줄어들지만 오히려 아무것도 하지 않을 때

활발하게 켜졌다. 연구자들은 이 흥미로운 부위에 '기본모드신경망(DMN, Default Mode Network)'이라는 이름을 붙였다. 쉬는 동안 더 바삐 움직이는 뇌가 도대체 무슨 일을 하는지 살펴봤더니 주로 나 자신에 대해 생각하는 데 에너지를 쓰고 있었다. 과거를 돌려 보거나 미래의 일을 걱정하거나 남들이 나에 대해 어떻게 생각할지 고민하는 일들 말이다. 내가 명상 시간에 오늘 수업에 온 것을 '후회'하고 남과 '비교'하고 명상이 맞지 않는다고 '자책'하는 것처럼 마음은 끊임없이 나라는 이야기를 만들고, 붙잡고, 다시 써내려가고 있었다.

DMN 자체가 나쁜 것은 아니다. 이 신경망 덕분에 우리는 자기 자신을 성찰하고 과거를 돌아보며 배움을 얻고, 아직 오지 않은 미래를 그려볼 수 있다. 멍 때리는 순간에 아이디어가 번뜩 떠오르는 것도 이 DMN 덕분이다. 다만, 문제는 만성적인 스트레스 상황에 DMN이 과도하게 활성화될 때다. 뇌는 지금이 위험 상황이라고 판단해 과거를 곱씹으며 단서를 찾고, 미래를 시뮬레이션해 더 나은 대책을 세우려고 한다. 뇌의 입장에서는 어디까지나 나를 보호하려는 행위다. 하지만 이 과정은 오히려 현재의 나를 더 불안하고 지치게 만든다.

예전의 내가 휴대폰을 열어 사주집 번호를 뒤적거렸던 것도 지금 와서 생각하면 이해가 된다. 불안을 다루는 법을 몰랐다. 마음의 목소리를 외면한 채 타로와 사주로 불안을 덮었다. 그 소리를 못 들은 척하면서. 명상은 방치된 그 방에 불을 켜는 행위였다. 어두운 방에서 갑자기 불을 켰을 때 눈이 부신 것처럼 평소 알아차리지 못했던 마음의 소리들이 한꺼번에 드러나는 순간은 낯설 수밖에 없었다. 명상이 안 맞는 게 아니라 어려웠던 거다.

그럼에도 명상의 끈을 놓지 않은 건 채소를 챙겨 먹는 마음과 비슷했다. 덜 한심한 사람이 되고 싶은 한 조각의 의지. 한동안 내 삶은 명상과 신탁 사이를 오갔다. 타로카드는 무엇도 근본적으로 해결해주지 않았지만 그걸 알면서도 계속 그쪽으로 손이 갔다. 명상은 다를 것이라는 기대가 있었다. 시간이 걸리고 지루하고 괴롭더라도.

시간이 지나며 조금씩 변화가 느껴졌다. 잡생각은 여전히 끊임없이 떠올랐지만 예전처럼 넋놓고 그 생각을 따라가지는 않았다. 명상의 핵심은 '일단 멈춘다. 생각을 비워낸다'라는 말에 담겨 있다. 더 정확하게 말하면 억지로 생각을 비워내는 것이 아니라 생각이 떠오르는 것을 알아차리고 자연스럽게 흘려보내는 것이다. 원숭이를 내쫓지 않고 바라보는 행위. 존 카밧진이 얘기한 "지금 이 순간에 의도적으로 주의를 기울이는 비판단적인 알아차림"이 바로 그것이다. 초심자의 경우 가만히 앉아 생각을 흘려보내기 어려우니 몸이라는 대상에 주의를 기울여 접근하기 쉽게 만든 것이 내가 했던 바디스캔 명상이었다.

아무것도 안 하면 뭐가 되냐고 조급한 마음이 올라오지만 나에게 정말 필요한 건 바로 그 '아무것도 하지 않으려는 시간'이었다. 해결하고 움직이려는 것을 멈추고 그저 존재로 머물러보는 일. 그것을 두고 행위 모드(Doing mode)에서 존재 모드(Being mode)로 전환하는 것이라고도 말한다. 불안함을 없애는 것이 아니라 불안한 생각을 불안한 채로 있게 두는 것, 그저 바라보는 것이다. 당장 답을 알 수 없는 일은 그저 모른 채로 놓아둘 줄 아는 힘. 그런 힘을 기르는 것이 명상이 하는 일이었다.

이 행위가 역설적으로 불안과 스트레스의 강도를 낮춰주고 회복탄력성을 높여준다는 것 역시 신경과학이 증명했다. 꾸준한 명상은 과도하게 활성화된 DMN을 안정시키고 뇌에서 주의집중을 담당하는 영역을 강화한다. 과거와 미래의 시간 여행을 멈추고 지금 이 순간으로 더 잘 돌아올 수 있게 된다.

수십년 동안 해왔던 것과 다른 방식을 시도하니 당연히 새로운 불안감이 찾아온다. 처음 할 때는 누구나 어색하고 힘들 수밖에 없다. 명상은 시도하자마자 좋을 수 없는 수련, 처음엔 지루하고 괴로운 것이 당연한 일이었다. 환영하기 어려운 지루함과 어색함, 괴로움은 모두 변화의 신호였다.

모호함 속에서 모른다는 것을 견디며

『타임』이 명상을 커버스토리로 다룬 건 2014년의 일. 어느덧 10여 년이 훌쩍 지난 지금 명상은 스마트폰 앱, 유튜브 콘텐츠 등 누구나 쉽게 접할 수 있는 라이프스타일 도구가 되었다. 명상을 한다는 유명인도 많다. 비틀즈 멤버들도, 스티브 잡스도 명상 수행자였다. 베스트셀러 작가이자 역사학자 유발 하라리는 명상으로 집중력과 사고의 균형을 다진다고 밝혔다. 한국인 최초로 필즈상을 수상한 수학자 허준이 교수 역시 새벽에 일어나 명상으로 하루를 시작한다고 한다.

명상 옆에 유명인의 이름이 붙으면 명상이 신비로워 보인다. 스트레스 해소는 물론이고 창조성과 예술성, 지적 능력을 끌어올려주는 비밀 도구처럼 보여서다. 명상 하면 떠오르는 이미지가 가부좌를 틀고 앉아 고요히 눈을 감고 있는 모습이라 더욱 그렇다. 요가에서는 숙련자의 동작을 눈으로 볼 수 있는 데 반해 명상은 그 깊이를 도통 알 수가 없다.

앞서도 말했지만 내가 명상을 접한 건 순전히 우연이었다. 명상 같은 게 있는지도 몰랐던 때 내가 스트레스를 푸는 방법은 여느 직장인과 다르지 않았다. 술 마시기, 여행 가기, 그중 최고는 역시 여행 가서 술 마시기였다. 상무님이 내게 요가원의 무료 체험권을 건네지 않았다면 어땠을까. 명상 수업이 누워서 하는 바디스캔이 아니었다면, 요가에 푹 빠져서 요가원을 등록하지 않았다면, 그래서 선생님의 이야기를 듣고 명상에 호기심이 생기지 않았다면. 하나의 연결고리라도 빠졌다면 아마 나는 명상을 시작하지 못했을 거다. 여러 개의 우연이 겹쳐 명상이 내 삶에 찾아왔다.

명상에 대한 호기심이 막 더해지던 무렵에 생긴 또 하나의 우연은 요가원 원장님의 명상 특강이었다. 그날 처음 본 원장님은 미국 명문대에서 심리학과 회계학을 전공하고 국제 회계사로 근무하다 화려한 삶을 내려놓고 요가와 명상의 세계로 들어선 사람이었다. 그는 자기 삶의 여정을 담담하게 전하며 명상은 삶을 바꾸는 행위라고 말했다. 명상의 신비에 원장님의 그럴싸한 이력이 더해지니 명상에 특별한 것이 있을 거란 속물적 확신이 덧붙여졌다. 나의 괴로움은 지금 내가 처한 현실 때문이니 더 나은 자리에서 더 많은 월급을 받으면 행복할 거라 믿는 평범한 직장인이던 내가 마땅히 할 법한 생각이었다.

그날 특강의 하이라이트는 나와 주변의 행복을 비는 자애 명상이었다. 가슴에 손을 얹고 '내가 편안하기를', '내가 행복하기를'이라는 자애 문구를 작게 읊조리며 따라 했다. 자애의 마음을 보내는 대상은

'나'에서 시작해 아끼는 사람, 주변 사람, 모든 사람으로 확장됐다. 마무리될 즈음엔 가슴이 뜨끈해지며 눈물이 흘렀다. 집으로 돌아오는 내내 사라지지 않는 진한 감동이었다.

그런데 눈물은 눈물이고, 궁금함은 여전히 남아 있었다. 명상이… 대체 뭐지? 이 특강을 듣고 나면 명상이 무엇인지 알 수 있을 거라 기대했는데 내가 기존에 하던 명상과는 또 달라서 여전히 아리송했다. 이후에도 꾸준히 수업을 들었다. 선생님은 삶을 성찰할 수 있는 이야기를 전해주었다. 이를테면, 바나나가 들어 있는 통의 작은 구멍에 손을 집어넣고 그걸 놓지 못해 사냥꾼에게 잡혀버리는 원숭이 이야기 같은 것들. 이런 이야기들은 쉽고, 흥미로웠다. 내가 놓지 못하는 집착은 무엇인지 돌이켜보기도 했다. 그런데 이게 명상과는 무슨 연관이 있지?

선생님의 이야기, 요가 수업에서 하는 짧은 호흡 명상, 몸을 움직이는 아사나, 누워서 하는 바디스캔 명상, 눈물을 흘리며 따라 했던 자애 명상이 모두 제멋대로 찍힌 점이었다. 점과 점 사이를 이리저리 이어봐도 좀처럼 형태가 드러나지 않았다. 답이 없는 수수께끼 같았다. 하지만 꼭 풀고 싶었다. 명상을 정의하고 싶었다. 나는 명상의 지도를 손에 넣어 스스로 걸어나가고 싶었다. 대체 명상이 뭘까.

　　다이어트도 여행도 사랑도 책으로 시작하는 국문학도답게 도서관으로 향했다. 저명한 학자나 스님이 말하는 명상은 간단하고 명쾌했다. "지금 이 순간에 깨어 있는 것." 이어지는 내용은 명상 선생님이 들려주는 이야기와 비슷했다. 책을 읽는 동안에는 알 것 같은데 책장을 덮고 나면 다시 막막해졌다. 정말 앉아서 호흡만 해도 이 모든 것을 자연스럽게 알게 되는 걸까? 눈을 감으면 자꾸 생각이 떠오르는데 혹시 뭘 잘못하고 있는 걸까? 내가 하는 건 단순한 사칙연산인데, 책과 선생님이 말하는 건 미적분 같았다.

　　명상을 만난 지 어느덧 10년을 향해가는 지금 돌아보면 그 막막함은 너무도 당연했다. 지난 시간 동안 다양한 선생님을 만나고, 길고 짧은 명상 코스에 참여하고, 대학원에서 공부를 이어오며 알게 된 건 '명상을 단박에 알기란 어렵다'는 조금은 맥 빠지는 현실이었기 때문이다.

　　흔히 명상을 마음의 근육을 키우는 운동에 비유한다. 이 비유는 명상을 이해하는 데에도 적절하지만 동시에 이해하기 어렵다는 점을 설명하는 데에도 적절하다. 운동이라는 말을 들었을 때 누군가는 가벼운 걷기를, 또 다른 누군가는 숨이 턱까지 차오르는 달리기를 떠올리는 것과 다르지 않다. 다양한 운동이 있듯 다양한 명상이 존재했고, 성격과 목표 또한 제각기 달랐다.

비슷한 고민을 가진 학자들이 있었다. 독일 심리학자 카린 마트코(Karin Matko)와 피터 세들마이어(Peter Sedlmeier)는 무려 309개 명상 기법을 모아 그중 대표적인 20가지를 뽑았다. 그런 다음 숙련된 수행자들에게 유사성과 차이점을 평가하게 했다. 그 결과 명상을 하나의 보편적 정의로 묶는 것은 어렵다는 결론이 나왔다. 대신 그들은 명상을 일곱 개의 유형으로 구분해냈다. 마음챙김 명상, 몸 중심 명상, 시각 집중 명상, 사색적 명상, 감정 중심 명상, 만트라 명상, 움직임 명상이 그것이다.*

이 구분법에 따르면 내가 경험한 명상도 간단히 정리된다. 호흡 관찰이나 바디스캔은 몸 중심 명상, 타인과 나를 향한 사랑과 연민을 일으키는 자애 명상은 감정 중심 명상, 삶을 성찰하게 돕는 이야기는 사색적 명상에 속한다. 요가나 걷기처럼 몸의 움직임을

---

* 「What Is Meditation? Proposing an Empirically Derived Classification System」, 『Frontiers in Psychology』 10권, 2019.

통해 마음을 가라앉히는 수행은 움직임 명상이었다. 명상은 이토록 다채로웠다.

목적도 모두 달랐다. 종교 전통에서 비롯된 명상은 궁극적으로 깨달음이나 더 나은 내가 되는 수행을 지향했다. 과학과 현대 심리학의 언어로 해석한 명상은 스트레스 관리, 정서 조절, 집중력 향상 같은 실용적 효과에 무게를 뒀다. 특정 종교에 속하지 않은 영성가들은 자기 언어로 깨달음을 풀어내며 삶의 의미나 내적 자유를 탐구하게 도왔다.

여기까지 읽으면서 다들 눈치챘겠지만 앞에 언급한 유명인이 하는 명상도 제각각이었다. 비틀즈 멤버들이 인도까지 날아가 배우면서 심취했던 건 초월 명상이었다. 인도 베다 전통에 뿌리를 두고 마하리시 마헤시(Maharishi Mahesh) 요기가 창시해 서구에 전한 명상법이다. 오프라 윈프리도, 영화감독 데이비드 린치도 초월 명상 수행자로 알려져 있다. 스티브 잡스와 유발 하라리는 불교 명상 수행자였다. 그런데 불교 안에서도 다양한 명상이 존재했다. 스티브 잡스가 깊이 빠져든 건 일본 선불교의 수행이었고, 유발 하라리가 매일 두 시간 이상 수행하는 건 미얀마 전통의 위빠사나 명상이다. 초기불교, 티벳불교, 선불교가 서로 다르고 심지어 초기불교 안에서도 미얀마와 태국의 수행 방식은 강조점이 달랐다.

　이 모든 얼굴을 명상이라는 하나의 이름으로 부르니 나 같은 초심자가 풀기에는 너무 어려운 수수께끼였던 것이다. 명상이 다양하다는 힌트만 있었어도 훨씬 덜 막막했을 텐데. 나의 지난 공부 중 상당한 시간은 모호함 속에서 모른다는 것을 견디며 이리저리 헤맨 시간이기도 했다.

　명상이 궁금해졌다면, 그래서 명상을 시작하려고 한다면 이걸 먼저 말해주고 싶다. 이토록 넓은 명상의 바다를 품을 수 있는 정의가 있다면 명상은 마음을 위한 운동이라는 느슨한 수준일 것이다. 그러니 내 마음을 위해 어떤 운동을 할 것인가, 무엇을 위해 이 운동을 할 것인가라는 질문에서 출발했으면 좋겠다. 거기서 출발한다면 내가 헤맨 5년을 건너뛸 수 있다. 그리고 무엇보다 가장 중요한 건 그게 무엇이든 일단 직접 해보는 것이다. 명상도 운동처럼 결국은 체험의 영역이다. 이 모든 시간을 지나와 보니 경험하지 않고 머리만 써서 알 수 있는 건 아무것도 없었다.

하루는 단순했다

명상을 시도하고 명상에 실패하던 사이 회사에서 안식월을 받았다. 3년 근속자에게 포상으로 주는 휴가였다. 이번에야말로 누구의 연락도 닿지 않는 곳에서 제대로 쉴 수 있을 것 같았다. 요가와 명상을 시작한 지 1년이 되어갈 즈음이었다. 정신과에서 자율신경계가 불균형하다는 이야기를 듣고 산더미 같은 약을 받아 든 것도 그즈음이었다. 우리 몸에는 교감신경과 부교감신경이 있는데, 몸이 위협을 감지하면 교감신경이 심장을 빨리 뛰게 하며 근육을 긴장시키고, 안전한 때는 부교감신경이 몸의 이완을 돕는다. 내 몸은 이 시스템이 고장 나 있었다. 지속적인 스트레스 때문이라고 했다. 몸이 위험 상황이 계속된다고 판단해 긴장을 풀지 못하는 상태가 되어버린 것이었다.

그동안 수련에 매진하면서 알게 모르게 회복이 일어났다. 한번 마시기 시작하면 여전히 폭음이었지만 그래도 술을 마시는 횟수 자체는 줄었고, 불면의 밤도 옅어졌다. 덕분에 엉망이던 일상이 조금씩 제자리를 찾아가고 있었다. 하지만 여전히 해결되지 않은 것들도 있었다. 그중 하나는 홍보 담당자는 언제든 연락이 닿아야 한다는 강박이었다. 정신없이 바쁜 일상에서 요가원 사물함에 휴대폰을 넣는 순간만큼은 잠깐 해방이었지만, 수업이 끝나고 다시 휴대폰을 손에 쥐는 순간부터 일상은 빠르게 돌아갔다. 연차를 낸 날에도 예외는 없었다. 휴가는 늘 일을 하는 것도 안 하는 것도 아닌 어정쩡한 시간이었다.

방해 없는 한 달 동안 내가 실컷 하고 싶던 것은 수련이었다. 태국 코사무이섬, 요가원을 품고 있는 리조트를 예약했다. 숙소의 한 면은 바다와 접해 있고, 입구는 바로 차도와 접해 있는 곳. 의도적 고립이었다. 도착 첫날에 2주 동안 요가와 명상 수업을 무제한으로 들을 수 있는 수강권을 결제했다.

리조트 안의 '샬라'라고 부르는 요가원의 수련실은 바다와 바로 마주해 있었다. 머리 위로 얇은 천막이 드리워져 있고 삼면이 탁 트여 있어 야외나 다름없는 공간이었다. 추위를 모르는 남국의 섬에서만 가능한 박력 있는 구조. 샬라에 들어서면 눈앞에 펼쳐진 끝없는 바다에서 파도 소리가 들려오고, 상쾌한 바람이 살갗에 와 닿았다.

하루는 단순했다. 아침에 일어나 대충 눈곱만 떼고는 매트를 안고 샬라로 향했다. 명상과 프라나야마(호흡), 아사나가 이어지는 두 시간의 수련으로 하루를 시작했다. 간단한 식사 후엔 낮잠을 자거나, 바다에 갔다. 오후엔 다시 요가 수업, 밤에는 명상이나 사운드 배스. 수련으로 시작해서 수련으로 끝나는 하루였다.

　그런데 이곳에서도 명상은 쉽지 않았다. 선생님은 모두가 명상을 할 줄 안다는 듯 아무런 안내 없이 눈을 감고 침묵에 들어갔다. 5분이나 10분 정도 하겠지 생각하며 참고 참다가 흘끗 실눈을 떠 애플워치를 봤다. 어느새 15분이나 지나 있었는데 선생님은 미동도 없었다. 금방 끝나진 않을 것 같았다. 몸은 움직이고 싶다고 아우성이었다. 발가락을 꼼지락거리다가 얼굴도 긁어보다가 눈을 몰래 떴다 감으며 시간을 때웠다. 호흡에 집중하려 했지만 금세 또 다른 생각이 떠올랐다. '서울은 지금 몇 시일까', '일은 잘 돌아가고 있을까', '우리 팀원들이 힘들진 않을까'…. 마침내 눈을 떠도 좋다는 허락이 떨어졌을 때는 30분이 지난 뒤였다.

　저녁에 하는 명상 수업은 커다란 징과 싱잉볼 등 여러가지 악기를 활용한 사운드 배스였다. 어두운 샬라에 누워서 눈을 감고 들었다. 선생님이 커다란 징을 치면 온몸이 떨렸다. 음악보다는 파동에 가까운 느낌. 마치 우주에 있는 것 같다는 상상을 하며 공포감과 경이로움을 동시에 느끼다 잠이 들기도 했다.

　누구의 연락도 닿지 않는 곳에서는 편한 마음으로 명상도 더 잘될 거라 생각했는데, 아니었다. 눈 닿는 모든 곳이 산의 초록과 바다의 파랑으로 반짝이는 아름다운 이 섬에서도 마음은 여기에 머무는 법을 잘 몰랐다. 도시의 요가원에서 자꾸만 딴생각이 올라오는 이유는 하루 종일 울려대는 휴대폰, 쉴 새 없이 번쩍이는 메일함, 요구가 끝도 없는 클라이언트 때문이라고 생각했는데, 휴대폰이 조용해져도 내 머릿속은 여전히 시끄러웠다. 뱃속 어딘가에서는 불안감이 물결처럼 잔잔하게 흐르고 있었다.

요가와 명상을 안내하는 니키 선생님은 "지금, 여기(here and now)"를 행복의 비밀인 것처럼 노래하듯 속삭였다. 그가 말하는 핵심은 호흡이었다. 호흡으로 닻을 내려 과거와 미래를 이리저리 방황하는 나의 마음을 지금, 여기에 머물게 하라고 했다. 그건 대체 어떻게 하는 거지. 머리로는 알겠는데 눈을 감으면 생각을 하고 있다는 자각도 없이 생각을 하고 있었다.

그런데 신기하게도 매일 꾸준히 반복하다 보니 시간을 견디기에 급급했던 아침 명상 시간도 점차 나아졌다. 눈을 감으면 생각이 마구 떠올랐지만 그저 버티고 앉아 있었다. 어차피 도망갈 곳도 없었다. 그 덕분이었을까? 천 년처럼 느껴지던 30분의 명상이 어느 날은 15분처럼, 또 어느 날은 1분처럼 흘러갔다. 이 마법 같은 일은 호흡에 집중할 때 벌어졌다. 시간을 때운다는 마음으로 생각을 따라가고 있으면 시간은 엿가락처럼 늘어졌고, 끝을 기다리지 않고 오직 한 호흡, 한 호흡에 집중하다 보면 지루함도 없이 시간이 금세 흘렀다. 니키 선생님이 말한 '지금, 여기'가 이런 것일까? 마음이 현재에 머무는 순간에는 평화가 있었다.

물론 1분처럼 지나간 명상은 단 한 번뿐이었다. 나머지는 대개 힘들고, 지루했다. 호흡에 집중하는 건 생각처럼 쉽지 않았다. 그래도 한 번의 경험 덕분에 나에게도 명상이 불가능한 일이 아니라는 희미한 확신과 기대가 생겼다.

몸과 마음을 마주하는 동안 마음 한구석에서 무척 당황스러운 일면이 모습을 드러냈다. '지금쯤 회사에서는 뭘 하고 있을까? 나 없이도 잘 돌아가고 있겠지?' 그 생각 안에 숨어 있던 건 '내가 없어도 회사가 돌아간다고?'라는 불안의 민낯이었다. 스스로도 피하고 싶었던, 부끄럽고 구차한 마음의 조각이었다.

그동안에는 이 불안이 '내가 없으면 일이 꼬일까 봐' 비롯된 걱정이라고 생각했다. 하지만 반대였다. 실은 내가 없어도 일이 순조롭게 흘러가는 것을 두려워하고 있었다. 나를 찾지 않기를 바라면서도 내

빈자리는 누구도 대신하지 못하길 바라는 모순. 그 욕심과 마주한 순간 다시 깨달았다. 그동안 그 많은 일들이 나를 찾아 괴롭혔던 건 사실 내가 먼저 그 일들을 애타게 찾았기 때문이라는 것을. 내 알량한 자존감을 쉴 틈 없이 일을 끌어안는 방식으로 채워왔던 것이었다. 내가 아니면 안 된다는 착각 속에 부끄러운 자만과 안도가 있었다.

　　이런 나를 마주하는 것은 고통스러웠다. 하지만 후련한 해방감 또한 있었다. 이제 섬을 떠나야 했다. 다시 도시로, 일상으로 돌아가야 했다. 서울에 도착해 휴대폰 전원을 켜면 무수한 메시지가 익숙한 감각으로 쏟아지겠지. 하지만 더 이상 두렵지는 않았다. 불안은 마주했다고 사라지는 것이 아니었지만, 얼굴을 드러낸 이상 전과 같은 방식으로 나를 위협할 수는 없었다.

대퇴사 시대의 용기

온라인 서점에 '퇴사'라는 키워드를 검색하면 5백여 권이 넘는 책이 나온다. 퇴사 관련 책들이 폭발적으로 늘어나기 시작한 건 2020년 무렵부터다. 그 와중에 갑자기 세상을 휩쓴 코비드-19 팬데믹은 대퇴사 시대를 열었다.

"다들 쉽게 떠나는 것 같은데 저는 왜 이렇게 아등바등하고 있을까요?"

그날 내가 대표님 앞에서 울었던 건 대퇴사 시대의 여파였다. 회사에서 우는 사람을 이해할 수 없었다. 그런데 팀원의 퇴사 소식을 전하며 억울함인지 분노인지 이유를 알 수 없는 눈물이 줄줄 흘렀다. 조직은 작았고, 일은 고됐고, 보수는 적었다. 그만두는 이유는 내 눈에도 빤히 보였다. 직장이 더 이상 평생을 보장하지 않는 시대에 그만둔다는 건 자유와 용기의 다른 이름, 버틴다는 건 미덕이 아니라 미련함 같았다. 근속연수가 길어지는 친구들과 스스로를 '고인물'이라 부르며 자조 섞인 농담을 주고받았다.

홍보라는 일은 좋아하는 분야에서 일하고 싶어 내가 가진 재능을 살피다 시작한 일이었다. 좋아하는 건 자동차, 잘하는 건 글쓰기였다. 막상 시작하고 보니 쓰는 일은 홍보의 극히 일부였다. AE(Account

Executive)라는 직무는 "A: 아… 이것도 제가 하나요? E: 에… 이것도 제가 하나요?"의 줄임말이라는 우스갯소리가 농담만은 아니었다.

그래도 괜찮았다. 특히, 신차 공개의 순간에는. 어둠 속 웅장한 배경음악이 흐르고, 얇은 천막에 가려져 있던 차의 헤드램프가 먼저 불을 밝힌다. 음악이 멎고 천막이 걷히며 주인공인 신차가 등장하는 순간, 플래시 세례가 쏟아진다. 행사장 맨 뒤에서 눈을 반짝이며 하염없이 그 장면을 바라봤다. 몇 달간 쥐어짠 고생을 모두 상쇄할 만큼 짜릿한 순간이었다.

하지만 화려한 순간은 정말 찰나였다. 대부분은 보이지 않는 곳에서의 고되고 지질한 일들이었다. 자동차 홍보라는 건 자동차를 진심으로 좋아해야 겨우할 수 있는 일이었다. 그런데 자동차에 대한 뜨거운 사랑도 점차 옅어져갔다. 가슴이 쿵쿵 뛰던 신차 공개의 순간도 시큰둥해졌다. 내 사랑과 관심은 화려하고 럭셔리한 세계에서 내 몸과 마음이라는 소박하지만 깊은 세계를 향해 가고 있었다.

미지근한 마음에 겨우 불을 붙여 일을 하는 와중에 회사에서는 과장이던 내게 팀장 직책을 맡겼다. 이건 또 새로운 어려움이었다. 실무와 매니징은 완전히 결이 달랐다. 팀장은 혼자 잘한다고 되는 일이 아니었다.

"팀장님. 잠시 얘기 좀 할 수 있을까요?"

팀원에게서 개인 메시지가 도착한 순간부터 대화의 내용을 짐작할 수 있었다. 예상은 빗나가지 않았다. 일이 힘들다는 말, 자기와 맞지 않는다는 말, 더는 버틸 수 없다는 말. 결국은 그만두고 싶다는 선언이었다. 나는 뛰어난 플레이어였지만 좋은 팀장은 아니었다. 새로 온 팀원들이 지쳐 나가떨어지는 데는 일이 고된 것도 문제였지만, 팀장으로서 나의 부족함도 문제였다. 팀원들을 보호하지 못했고, 성장할 수 있는 환경을 만들어주지도 못했다.

이 무렵 요가 지도자 과정을 시작한 건 어느 정도는 일로부터 도피하고 싶은 마음이었다. 일에 회의가 느껴질수록 요가와 명상에 더욱 매진했다. 그 과정은 마음을 더 깊이 들여다보는 공부였다. 내가 거쳐온 회복의 길을 차근차근 이해하는 시간이기도 했다. 새로운 삶의 형태를 꿈꾸기 시작한 건 자연스러운 일이었다. 그건 내가 경험한 좋은 것들을 다른 이에게 안내하는 삶이었다. 명상으로 처음 회복을 경험했을 때처럼, 누군가에게 그런 작은 빛이 되어줄 수 있다면 얼마나 좋을까. 화려한 조명 아래 신차를 선

보이는 순간의 짜릿함보다 한 사람의 마음이 고요히 밝아지는 순간을 지켜보는 삶으로 더 마음이 향했다.

나는 퇴사 카드를 계속 만지작거렸다. 쉽게 퇴사를 말할 수 없었던 주된 이유는 새로운 길에 대한 미흡한 준비와 두려움, 월급이 주는 안락함이었다. 하지만 그 이유들이 전부는 아니었다. 방황하는 이상한 팀장 곁에서 고된 일을 함께 견뎌주는 팀원이 셋이나 있었다. 똑똑하고 착한 친구들이었다.

그만둘 수 없었지만 전과 같이 일을 해나가는 것도 힘들었다. 나를 움직여왔던 동력은 자동차를 사랑하는 마음, 그리고 그걸로 돈을 더 많이 주는 그럴싸한 일자리로 옮기고 싶은 욕심이었다. 그런데 그건 더 이상 내가 꾸는 꿈이 아니었다. 이러지도 저러지도 못한 채 술을 잔뜩 마시는 날이면 목을 뒤로 젖히고 애처럼 엉엉 울었다. 남편은 그런 나를 딱하게 바라봤다.

괴로운 이유는 너무도 단순하고 명확했다. 명상에서도, 삶에서도 중요한 건 '지금, 여기'인데 일상에서 이걸 놓치고 있었다. 잠자는 시간을 빼고 하루의 대부분을 보내는 회사에서 나는 진짜로 거기에 있지 않았다. 내 마음은 늘 콩밭이었다. 그게 아무리 요가나 명상이라는 좋은 것이어도 콩밭은 콩밭이었다.

'지금, 여기'에 머물 수 없는 마음에 찾아오는 것은 괴로움뿐이었다. 그런데 빛나는 태양과 바다가 있는 하와이도 아니고 지긋지긋한 회사에서 '지금, 여기'를 어떻게 연습한단 말인가? 역시 이곳을 떠나는 게 유일한 답일까?

몇날 며칠을 곱씹다 보니 서서히 질문의 방향이 달라졌다. 문제는 회사를 그만두느냐 마느냐가 아니었다. 핵심은 내가 어떤 삶을 원하는가에 있었다. 도망치듯 회사를 나가는 것이 답이 되지 않았다. 사람들의 회복과 성장을 돕고 싶다면 지금 당장 회사를 그만두지 않고도 지금 여기서 할 수 있는 일이 있어 보였다. 내 능력으로 팀원들의 마음을 보호하고 성장을 돕는다면 그것 또한 내 삶의 목표와 닿아 있는 길이었다. 이 답에는 일을 지속해갈 수 있는 힘이 있었다.

목표가 새로워지자 마음가짐도 새로워졌다. 다시 일을 잘해내고 싶어졌다. 다만 이유가 달라졌다. 유능한 개인이 되기 위해 애쓰는 것이 아니라 나의 팀원들이 더 잘 성장할 수 있도록 돕는 팀장이 되어야겠다고 다짐했다. 그냥 떠났다면 배우지 못했을 경험. 용기는 떠나는 사람에게만 필요한 게 아니었다. 남은 사람에게는 더 큰 용기가 필요한 것인지도 몰랐다.

9월 23일에는 작은 실험을

디저트를 사랑하는 남자와 결혼했다. 결혼 전에는 몰랐는데 그는 저녁 식사 후 꼭 아이스크림을 먹는 사람이었다. 홀린 듯 따라 먹었다. 원래 나는 아이스크림을 사면 몇 입 먹고 넣어두길 반복하며 하드 하나를 세 번 정도에 걸쳐서 먹는 다람쥐형 인간이었다. 남편을 따라 식후에 아이스크림을 하나씩 먹다 보니 가속도가 붙어 휴일에는 점심 먹고 하나, 저녁 먹고 하나의 수준으로 발전했다. 나중에는 밥을 먹고 아이스크림을 안 먹으면 허전했다. 마트에 가서 우유가 들어간 것, 아삭한 빙과류, 폭신한 모나카까지 종류별로 다양하게 구비해놔야 마음이 편안했다.

아이스크림은 일상의 루틴이 되었다. 소소하다고 생각했던 이 습관은 소소하지 않은 몸무게 증가로 이어졌다. 마음먹고 식후 아이스크림을 끊어봐야겠다고 다짐했지만 냉동실에는 늘 아이스크림이 가득했고, 길들여진 습관을 바꾸는 건 쉽지 않았다. 지금 있는 아이스크림까지만 먹자고 다짐하고서는 저녁 산책길에 또 생각이 바뀌었다. 오늘 딱 하나만 사서 먹자고 다짐하는 매일이 반복되며 마트만 더 자주 왔다 갔다 하는 사람이 되었다.

나쁜 습관은 이렇게 찰떡같이 몸에 붙는데 좋은 습관은 왜 이리 몸에 붙이기 어려운 건지. 명상이 그랬다. 명상은 언제나 '해야지'와 '내일부터'의 사이에 있었다. 머리로는 이미 좋다는 걸 아는데 막상 앉으려면 마음이 분주했다. 해야 할 일들 중 명상이 우선순위에서 가장 나중이었다. 아침엔 출근으로 바빴고, 퇴근 후엔 저녁을 먹고 정리하느라 바빴다. 야근이라도 하는 날엔 몸과 마음이 너덜너덜할 정도로 피곤해서 잠이 먼저였다. 사실 마음 깊은 곳에선 이 모든 것이 핑계임을 알고 있었다. 이렇게 지쳐서 돌아온 날에도 하릴없는 SNS 여행을 빼먹는 날은 드물었으니까. 핸드폰을 드는 건 어찌나 익숙하고 쉬운지.

명상을 아이스크림처럼 일상에 스며들게 할 수는 없을까 고민하던 차에 습관에 관한 흥미로운 글을 접했다. 특정한 행동을 반복하면 뇌가 그 행동을 일상적 루틴의 일부로 인식하는데, 새로운 행동이 자동적으로 습관이 되는 데는 목표에 따라 다르지만 평균 66일이 걸린다는 것이다. 할까, 말까 사이에서 의지를 내는 것보다 '그냥 하는 것'으로 인식하게 만드는 편이 훨씬 효율적이라는 이야기였다.

새해가 되기까지 딱 100일이 남은 9월 23일, 그날을 시작점으로 삼아보기로 했다. '새해'라는 건 새로운 마음을 불러오는 치트키니까. 100일이라면 몇 번이고 빼먹어도 안정적인 숫자였다. 목표도 아주 낮게 잡았다. 10분도, 1분도 아니고 딱 열 번의 호흡만 하기.

일어난 직후에 바로 명상 자리에 앉았다. 그런데 그 열 번의 호흡이 왜 그렇게 힘들던지. 처음엔 후후후후 재빠르게 숨을 내뱉고는 툭툭 털고 일어났다. 자리에 앉자마자 일어나는 내 꼬락서니가 나 스스로도 웃겼다. 그래도 아침에 까먹은 날엔 저녁에라도 틈을 내 매일매일 명상을 하는 스스로가 기특했다.

한 달쯤 지났을 때였나? 성의 없는 호흡도 매일 반복하니 신기하게도 아침에 일어나자마자 명상 자리에 앉는 것에 익숙해졌다. 다음엔 호흡이 제 속도를 찾아갔다. 정성껏 호흡한 어느 날은 열 번의 호흡이 10분이 되기도 했다. 마음을 들여다보며 시작하는 하루는 분명하게 달랐다. 하루의 시작을 앞두고 내 안에 있던 미세한 긴장, 짜증, 설렘 같은 감정들을 발견할 수 있었다. 그걸 인지하고 나면 좀 더 여유가 생겼다. 나도 무언가를 꾸준히 할 수 있는 사람이 되었다는 기쁨은 혼자만의 챌린지가 주는 덤이었다.

흔히 명상을 한다고 하면 고요하고 평온하게 앉아 있는 이미지를 떠올리지만 눈을 감았을 때 펼쳐지는 일들은 그리 고요하고 평온하지 않다. 생각은 자꾸 찾아온다. 계획도, 후회도 단골손님이다. 이 모든 것들을 알아차리고 흘려보내는 일이 말처럼 쉽지가 않다. 바닥에 떨어진 사탕과 초콜릿을 따라 과자의 집으로 가는 헨젤과 그레텔처럼 생각의 부스러기들을 주워 먹으며 어디로 향하는지 모르는 길을 한참 따라가다 퍼뜩 알아차린다. 거기서 끝나면 좋은데 '왜 나는 이렇게 생각이 많을까'라는 또 다른 생각으로 이어진다. 이럴 땐 무사처럼 단호하게 생각의 꼬리를 잘라내야 한다. 이미 생각의 부스러기를 잔뜩 주워 먹은 뒤라도 알아차렸다면 다른 생각으로 넘어가지 않고 다시 호흡으로 돌아오면 된다. 알아차리고, 숨으로 돌아오기. 그러니 평온해 보이는 외양과 다르게 안에서 벌어지는 싸움은 꽤 치열하다.

앉는 시간을 점차 늘려가며 산란하던 마음이 고요해지는 데 걸리는 시간을 알 수 있었다. 나의 경우는 대체로 20분이었다. 신비로운 건 영점이 찾아졌다는 느낌이 들었을 때였다. 지루하기만 했던 명상이 이때부터 재밌어졌다. 모든 게 제자리에 딱 맞아떨어진다는 감각. 그때 느껴지는 평온함과 지극한 행복감이란. 마음을 하늘에 비유하곤 한다. 비가 오거나, 흐리거나, 미세먼지가 가득한 날에도 비행기를 타고 올라가면 맑은 하늘을 만날 수 있다. 비와 구름, 먼지는 우리에게 찾아오는 화, 슬픔, 기쁨 같은 감정들이고, 우리 안엔 늘 존재하는 맑고 고요한 자리가 있다는 그 말이 머리가 아닌 몸으로 이해되기 시작했다.

하지만 평온함은 '행복하다'라고 자각하는 순간 사라져버렸다. 그 감각이 항상 찾아오는 것도 아니었다. 어떤 날엔 30분을 앉아 있어도 내내 마음이 이리저리 탱탱볼처럼 튀어 다니기도 했다. 하지만 그것 역시 명상이었다. 명상에는 좋은 명상, 나쁜 명상이 없었다. '잘'이라는 구분도 존재하지 않았다. 오직 '한다'와 '안 한다', 그것뿐이었다.

100일이 다 지나고 새해가 되었을 때 내 일상에서 명상은 더는 '해야 하는 일' 그런데 '하기 싫은 일'이 아니라 '자연스럽게 하는 일'이 되어 있었다. '해야 한다'는 생각은 '안 해도 괜찮다'는 생각이 있기에 생겨난 것이었다. 무조건 하는 일로 만들어버리니 오히려 별다른 저항 없이 꾸준히 할 수 있었다. 이후로는 거의 매일 명상하며 살고 있다.

위기도 있었다. 아이를 낳고 더 이상 아침 시간을 자유롭고 고요하게 쓸 수 없었을 때 기껏 쌓아올린 루틴이 한 번 흔들렸다. 하지만 식후에 아이스크림을 안 먹으면 식사가 마무리되지 않은 느낌이 들던 것처럼, 명상을 하지 않으면 마음 한구석이 찝찝했다. 꼭 아침 시간을 고집하지 않고 작은 틈에도 명상을 챙겼다. 좀처럼 잠들지 않는 아이를 토닥이며 한 날도 있다. 이제 명상은 아이스크림을 먹듯이, 양치질을 하듯이 마음의 저항감 없이 할 수 있는 일이 되었다. 그러다 보니 한 시간도 거뜬히 앉아 있을 수 있는 사람이 되었다. 열 번의 호흡을 목표로 삼았을 때는 상상하지 못했던 일이다.

의식 연구 분야의 아인슈타인이라고 불리는 켄 윌버(Ken Wilber)는 이렇게 말했다.

"강조하고 싶은 점이 있다. 명상을 길게 하는 것보다는 규칙적으로 하는 것이 더 중요하다는 점이다. 규칙적으로 조용히 앉아 있을 시간을 하루에 3~4분은 낼 수 있을 것이다. 이 몇 분 동안 현재의 의식 속에 그냥 느긋하게 머문다. 하루에 단 몇 분이므로, 핑곗거리는 생각해내기 힘들 것이다. 그냥 자신의 존재에 경의를 표하는 시간으로 떼어둔다. 매일 하다 보면 명상이 습관이 되고, 이런 수행 습관은 초기 단계들에서 아주 중요하다."*

* 켄 윌버, 『켄 윌버의 통합명상』, 김명권·김혜옥·박윤정

그의 말처럼 명상의 참 효과는 오래 앉는 것이 아니라 매일 꾸준히 앉는 데서 시작했다. 새해를 100일 앞둔 9월 23일에 조용히 시작된 나의 작은 실험은 내 삶의 가장 단단한 루틴이 되었다. 아이스크림처럼 달콤하진 않지만 그 여운은 훨씬 길고 깊었다.

옮김, 김영사, 2020, 91면.

2부

철학이 필요한 시간

명상은 점차 몸에 익어 습관이 되어갔다. 요가 지도자 과정을 듣기 위해 새로 옮긴 요가원에는 명상 수업이 없었지만 요가 자체가 명상이었다. 수업을 시작하기 전 호흡을 바라보는 긴 명상을 했고, 아사나를 할 때도 마음을 바라보며 현존과 알아차림을 연습할 수 있었다.

"대표님이… 은경 팀장님 착해졌대요."

어느 날은 동료가 전해주는 이야기를 듣고는 빵 터졌다. 서른이 훌쩍 넘은 나이에 회사에서 듣는 피드백이 '착해졌다'라니! 예민하고 까칠한 성정 탓에 회사에서도 알게 모르게 주변 사람들을 괴롭게 했었다. 엄마와 동생도 덜 예민해진 나를 신기하게 보는 참이었다. 내가 달라진 건 이렇게 주변 사람들이 같이 느꼈다. 요가와 명상을 통해 몸과 마음을 닦는 시간은 나를 좀 더 좋은 사람으로 만들어주고 있었다. 나중에 후회하기 전에 성질을 부리는 것을 멈출 수 있었고, 조급함에서 비롯한 화도 마음의 여유가 생겨 줄어들었다. 집중할 수 있는 힘이 좋아져서 업무 능률이 올라간 것은 덤이었다.

하지만 이런 변화를 경험하면서도 마음 한구석에서는 희미한 의문이 자라나고 있었다. 과연 이것만으로 충분할까? 내가 정말 좋은 사람이 된 걸까? 사무실에서 키보드를 요란하게 치는 동료가 여전히 거슬렸고, 요가원에서 남의 매트를 성큼성큼 밟고 다니거나, 수업 시작 후에 헐레벌떡 들어와 흐름을 깨는 사람들을 보면 속에서 불쾌감이 치밀었다. 예의 없는 그들보다 더 싫은 건 그런 마음을 품고 있는 나였다. 명상을 하고 있는데도 내 속은 여전한 것 같았다. 예민하고, 까칠하고, 미워하고, 질투하고, 술에 취하면 진상이 됐다.

수행이 깊어지면 좀 다를까 싶어 더 깊은 경지에 도달했다는 구루를 찾아봤다. 거기서 얻은 건 더 큰 실망이었다. 살아 있는 성자로 추앙받던 명상가 오쇼 라즈니쉬(Osho Rajneesh)는 살인미수, 이민 사기, 독극물 살포 등으로 범죄자 명단에 올라 미국에서 추방당했다. 그는 59세의 이른 나이로 초라하게 생을 마감했다. 명상은 더 나은 인간이 되는 마법의 열쇠가 아니었던 걸까?

내가 하던 명상을 돌아보게 된 게 그 무렵이었다. 내가 처음 접한 뒤로 꾸준히 해온 명상은 마음챙김 명상(Mindfulness Meditation)이었다. 존 카밧진이 만든 MBSR(Mindfulness-Based Stress Reduction)은 원래 매사추세츠 의대에서 만성통증에 시달리는 환자들을 위해 고안한 8주짜리 프로그램이었다. 그는 MIT 재학 시절 익힌 선불교와 위빠사나, 하타 요가에서 종교적 색채를 걷어내고 유익한 부분을 모아 과학과 의학의 언어로 재구성했다. 그의 스승이 한국인 숭산 스님이었다는 점이 흥미롭다.

이 프로그램은 만성통증과 불안, 스트레스 완화에 뚜렷한 효과를 보였고 수많은 연구를 통해 효용이 검증되었다. 이후 마음챙김 명상은 병원을 넘어 기업과 학교, 군대까지 빠르게 퍼져나가며 미국을 중심으로 서구 사회에 명상 열풍을 불러일으켰다. 이후 신경과학과 뇌 영상기술의 발전으로 명상은 누구나 접근할 수 있는 과학적 훈련으로 공고히 자리 잡았다.

마음챙김 명상의 핵심은 불교 명상에서 영향을 받은 현존과 알아차림이었다. 우리말에서 '마음챙김'으로 번역되는 '마인드풀니스(mindfulness)'는 팔리어 '사띠(Sati)'의 번역어인데, 사띠는 주의와 관찰, 기억이라는 뜻을 모두 가지고 있다. 마음챙김이라는 용어는 감정 조절이나 심리치료 같은 협소한 의미로 오해될 수 있으나 실제로 사띠는 기억과 주의를 결합해 '잊지 않고 의식하는 힘'을 뜻하며 지금 이 순간을 있는 그대로 알아차리는 태도에 더 가까웠다.

마음챙김 명상은 삶이 나아지는 데 분명 효과가

있었다. 만성적인 과로와 불안에 노출된 현대인들에게 너무나도 필요한 삶의 기술이었고, 덕분에 내 삶도 한결 나아졌다. 하지만 동시에 한계 또한 명확했다. 스트레스와 긴장감 완화, 주의력 향상에 분명한 효과를 보였지만 '어떻게 살아야 하는가'에 대한 근본적인 안내로 이어지진 못했다. 답답한 마음으로 마음챙김 명상을 더듬어 올라가다 만나게 된 것이 불교의 가르침이었다. 거기엔 단순한 호흡법이나 스트레스 관리 기법을 넘어 인간의 괴로움과 삶의 근원을 묻는 철학이 있었다.

불교 전통마다 표현은 조금씩 달랐지만 공통되게 계행(戒), 삼매(定), 지혜(慧)라는 세 가지 공부를 강조했다. 도덕적인 삶(계)을 바탕으로 마음을 고요히 다스리고(정), 그 고요 속에서 통찰과 지혜(혜)를 얻는 철학의 구조이자 정교한 수행 체계였다. 이것이 바로 내가 손에 넣고 싶었던 지도였다. 명상이 커다란 수행 체계의 한 부분이라는 것을 인식하자 그동안 희미했던 길이 단번에 선명해졌다. 어디로 가야 하는지, 무엇을 향해 나아가는지 알 수 없던 막막함이 사라졌다. 존재에 대한 통찰 없이, 삶의 방향에 대한 고민 없이 명상을 익히는 것은 또 하나의 자기계발 과제를 수행하는 것과 다를 바 없었다. 명상은 치료나 자기계발을 위한 단순한 기술이 아니라 삶 전체를 관통하는 수행이었다.

계율을 지키는 도덕적인 삶은 탐욕이나 분노, 질투, 후회, 증오처럼 마음이 일으키는 거친 괴로움을 가라앉혀 깊은 명상에 이르는 길을 열어주었다. 그 고요함의 토대 위에서 비로소 일어나고 사라지는 마음의 본질에 대한 통찰로 나아갈 수 있었다. 그것이 지혜의 시작이었다. 하지만 거기서 끝은 아니었다. 지혜는 다시 계율을 새롭게 했다. 통찰을 얻은 사람은 스스로 더 바르게 살고자 했고, 그 바른 삶은 다시 마음의 고요를 깊게 만들었다. 계정혜 삼학은 계율을 지켜야 선정(禪定)과 지혜가 생기는 단계적 구조이기도 하지만, 한 번 완성되면 끝이 아니라 서로를 비추며 끊임없이 순환하는 과정이었다.

심리학자이자 작가, 오랜 불교 수행자인 잭 콘필드(Jack Kornfield)는 스즈키 선사*의 말을 빌려 이렇게 적었다. "엄밀히 말해서, 깨달은 사람은 없다.

---

* 스즈키 다이세츠(鈴木大拙). 20세기의 가장 영향력 있는 선사이자 불교학자로, 서구사회에 선불교를 전하는 데 크게 공헌했다.

오직 깨달음의 행위만이 있다."[*] 깨달음은 완성되거나 고정된 상태가 아니라 매 순간의 행위였고, 매 순간 깨어 있으려고 노력하는 과정일 뿐이었다. 구루들이 깨달음을 통해 한때 깊은 통찰을 가졌을지라도 그것이 영원불멸한 완성을 의미하지는 않았다.

진정한 변화는 명상 방석 위에서 일어나는 게 아니었다. 무엇을 추구하며 살 것인가에 대한 삶의 전환이 함께 이루어져야 했다. 명상은 핵심적인 도구였지만, 결코 전부는 아니었다.

* 잭 콘필드, 『깨달음 이후 빨랫감』, 이균형 옮김, 한문화, 2011, 168면.

SBNR(Spiritual But Not Religious)

그럼 그날 12시. 사거리에 있는 베이커리 앞에서
만나요~

대학생 시절, 그 문자에 응한 건 순전히 호기심
때문이었다. 그래서 누굴 만났냐면, 남자친구의 엄마
였다.

남자친구가 입대한 지 얼마 되지 않아서였다.
군대 간 아들의 여자친구를 왜 보자고 했을까? 따로
안부를 주고받는 사이도 아니었다. 그저 서너 번의
어색한 마주침, 두어 번의 식사가 전부인 사이. 여러
경우의 수를 조합해봐도 도통 이유를 알 수 없었다.
군대에 있는 아이한테 물어볼 수도 없으니 이유를 알
려면 방법은 하나, 직접 만나보는 수밖에.

아줌마를 빵집 앞에서 만났다. 뜻밖에도 그 분
의 손에 들려 있던 건 주황색 성경책이었다.

"우리 교회 한번 와보지 않을래?"

이 만남의 목적으로는 생각지도 못했던 제안에
거절할 핑계조차 떠오르지 않았다. 무척 좋아하던 아
이의 엄마였기에 싫은 티를 내기도 어려웠다. 친한
친구들 대부분이 교회를 다녔고, 그중엔 목사님 자녀
도 둘이나 있어서 교회라는 세계가 궁금하긴 했다.
그래, 모두 호기심이 하는 일이다. 그렇게 생전 처음

으로 교회를 다니게 됐다.

　　남자친구의 엄마와 아빠와 할머니와 여동생과 함께 일요일 아침마다 예배를 드렸다. 뜨거운 여름날도, 눈 내리는 성탄절도 교회에 갔지만 그 루틴이 오래 지속되진 못했다. 남자친구와 이별한 이유가 교회는 아니었다. 군대는 너무 길었고, 유혹은 너무 많았고, 나는 의리가 없었다.

　　'교회에 다니는 이은경'은 술자리의 단골 안주였다. 친구들은 질리지도 않는지 지겹게도 놀렸다. 교회가 내게 썩 어울리는 단어가 아니라는 데는 동의했지만 정작 당사자인 나는 좋았다. 젊은 목사님의 설교는 쉽고, 재밌고, 일상에 도움이 됐다. 내가 겪는 고통에 이유가 있을 거라 믿게 해주는 더 큰 존재를 향한 갈망, 인생의 어려움을 우아하게 버텨내고 싶은 삶의 태도를 그곳에서 봤다. 매주 일요일 아침, 낮잠 대신 단정한 옷을 입고 교회에 오는 것을 택한 사람들에겐 그런 게 있었다.

　　헤어지고 나서도 이상하게 그 아침이 그리웠다. 이렇게 하나님의 자녀가 되는 줄 알았다. 가까운 곳에 있는 교회 몇 곳을 가보았다. 우리나라는 편의점보다 교회가 많다더니, 집 근처에 크고 작은 교회가 열 곳 넘게 있었다. 그런데 전과 같은 분위기의 교회를 찾기는 어려웠다. "십일조 많이 내게 해주시고!"라는 목사님의 우렁찬 기도는 내 교회 찾기 모험에 마침표를 찍었다. 친구들은 그게 교회가 돈을 많이 벌게 해달라는 기도가 아니라 각자의 일상에서 많은 부를 가지게 해달라는 축원이라고 했지만 잘 와닿지 않았다. 그게 마지막이었다.

왜 교회에 끌렸고, 왜 교회와 멀어졌을까? 나에게 위안이 되었던 건 신이 아니라 인간이었다. 구원이나 절대적 믿음보다는 함께 앉아 있는 사람들의 온기가 더 현실적이었다.

짧은 교회 나들이를 통해 얻은 수확은 내가 종교적인 사람은 아니라는 확인이었다. 하지만, 내 안에 갈증이 존재했다. 어떻게 살아야 하는지, 내 안의 빈 곳을 무엇으로 채워야 하는지 알고 싶었다. 어린 시절부터 궁금했다. 나는 왜 태어났을까. 인간은 왜 태어나고 왜 죽을까. 죽은 뒤엔 어디로 갈까?

유치원에도 들어가기 전이었던 것 같다. 티비를 보다 이제는 제목도 기억 나지 않는 중국 영화에서 잊을 수 없는 지옥 장면을 보게 됐다. 사람들이 끓는 가마솥에서 삶아지고, 혀가 뽑히는 장면들. 그날 밤 나는 옷장과 벽 사이의 좁은 틈에 몸을 구겨 넣고 엉엉 울었다. 엄마, 아빠가 죽으면 그 끔찍한 지옥에 갈 텐데 어쩌나 하는 생각에 두려웠다(나도 죽는다는 사실은 전혀 모르던 네 살이었다). 그 생각이 날 때마다 자주 울었다. 옷장과 벽 사이 좁은 틈에 내 몸이 들어가지 않게 될 때까지.

그렇게 죽음을 두려워하던 아이는 언젠가부터 죽는 게 더 낫겠다고 생각하는 어른으로 자랐다. 사회에 나가 보니 서로가 서로의 지옥이었다. 내가 힘든 이유는 개새끼 때문이라고 생각했지만, 그 개새끼도 다른 개새끼 때문에 힘들어했고, 부정하고 싶었지만 나 역시 누군가에겐 개새끼였다. 그렇게 만들어진 커다란 지옥. 그건 어린 시절 영화에서 본 지옥의 풍경보다 더 끔찍했다. 다들 똑같이 괴롭게 산다는 게 위안이 되진 않았다. 다르게 살아볼 수는 없는 걸까.

요가원에는 조금 다른 표정의 사람들이 있었다. 교회에서 봤던 얼굴과 비슷해 보이기도 했다. 나도 거기서는 조금 다른 얼굴이었을까. 그럼 이 사람들도 일상에선 지금과는 다른 얼굴로 누군가의 지옥이 되어 살고 있을까. 뭐, 아무래도 상관없었다. 우리에게 필요한 건 미간에 주름이 잔뜩 잡힌 일상의 표정을 내려놓는 시간이었다. 그곳은 이름, 나이, 사회적 역할을 내려놓고 호흡과 몸, 그저 나로 존재할 수 있는 안

식처였다.

안식에서 시작된 호기심은 마음, 고통, 괴로움, 회복에 대해 더 깊이 이해하고 싶은 열망으로 이어졌다. 물 흐르듯 자연스럽게 명상 수행과 현대 심리학을 두루 배우며 학문적으로 탐구할 수 있는 과정을 발견했다. 회사원인 나도 퇴근 후 수업을 들을 수 있는 대학원의 명상심리상담학과였다. 새로운 배움을 앞두고 예전에 다니던 교회의 풍경을 떠올린 건 학과의 소속이 불교대학원이었기 때문이다.

요가원은 종교에서 자유로운 공간이었다. 선생님들은 "나마스떼" 인사를 하거나 옴 챈팅*을 하며 종교적인 의미는 없다고 덧붙여 말했다. 명상 수업에서는 명상의 과학적 근거를 강조했다. 삶을 깊이 탐구하고 영적인 것을 추구하지만 종교의 틀에는 묶이지 않으려는 태도가 지금 이 시대의 흐름이었다.

시대의 흐름에도 불구하고 불교대학원에 들어가 명상을 탐구하기로 결정한 건 종교를 향한 갈망이나 믿음이 아니라 나 자신을, 그리고 나를 둘러싼 이 세상을 더 깊이 이해하고 싶다는 욕구 때문이었다.

---

*　인도 요가와 명상에서 우주의 근원적 진동을 상징하는 '옴(Om)' 소리를 반복하는 수행.

사랑 때문에 교회까지 갔는데, 불교대학원이 대수일까. 게다가 불교는 어쩐지 내게 종교처럼 다가오지 않았다. 구원을 약속하는 신앙도, 절대자를 향한 믿음도, 마음을 달래는 위안도 아닌 또 다른 길처럼 느껴졌다. 불교는 종교일까, 철학일까. 홀로 궁금해하던 이 질문을 1학기 필수과목인 '불교의 이해' 시간 교수님의 입을 통해 다시 듣게 되었다. 그런데 대학원은 뚝딱 답을 내어주는 호락호락한 곳이 아니었다.

"이 질문에 답하려면 먼저 불교는 무엇인지, 종교는 무엇인지, 철학은 무엇인지에 대한 틀을 먼저 정의해야 합니다."

불교도 종교도 철학도 스펙트럼이 넓고 난해한 키워드였다. 논의를 시작하기 위해서는 틀을 만들어야 했다. 불교 역시 시대적 맥락과 불교적 전통에 따라 상이해서 '불교에서는'이라는 말조차 섣부르다고 했다. 대학원은 검은색과 흰색 사이에 존재하는 무수한 회색을 탐구하는 곳이었다.

그 무수한 회색 영역에서 알게 된 건 2,500년 전 고타마 싯다르타라는 한 인간이 있었다는 사실이었다. 그는 인간이라면 누구나 피할 수 없는 여덟 가지 고통이 있음을 발견했고, 그 고통이 어떻게 생겨나는지, 그리고 그 고통에서 벗어나는 길은 무엇인지 찾아냈다. 그렇게 그는 붓다(Buddha, 산스크리트어로 '깨달은 자'라는 뜻)가 되었고, 우리 모두 그 길을 따라 깨달음에 이를 수 있다고 가르쳤다.

명상심리상담 과목을 담당하셨던 교스님(스님인 교수님을 나 혼자 이렇게 불렀다)은 어느 날 책 한 구절을 읽어주셨다.

"자신이 아닌 누구도 대신 괴로움을 물리칠 수 없다는 것을 이해하고 받아들여라."

강의실은 조용해졌다. 교수님은 잠시 침묵하다 말을 이었다.

"이게 불교의 잔인한 점입니다."

그리고 이내 덧붙이셨다.

"그렇지만, 이게 멋진 점이기도 하죠. 결국 내가 나의 괴로움을 끊을 수 있다는 것이니까요."

그 이야기를 듣고 가슴속에서 무언가 시원하게 흘러가는 느낌이 들었다. 누군가 나를 구원해주거나 괴로움을 해결해주는 것이 불가능하다는 선언이 왜 이리 속 시원하게 다가왔을까. 아무도 나를 구원할 수 없었다. 내가 나를 구원해야 했다. 나는 붓다를 고통의 선배로 여기기로 했다.

명상 수업에 가면 선생님들은 자주 그곳에 모인 학생들에게 왜 이곳에 왔는지를 물었다. 하나같이 말했다. 사는 게 힘들어서 왔다고. 힘든 이유는 모두 달랐지만 괴로움을 해결하는 실마리를 찾으려는 곳은 같았다. 자신의 마음이었다. 스스로에게서 답을 찾고자 하는 사람들만이 명상을 찾았다.

교회와 요가원, 명상 수업에서 만난 사람들의 얼굴은 조금 달랐지만 비슷하기도 했다. 지친 흔적과 희미한 희망이 함께 있는 얼굴. 교회에서 기도하는 사람도, 매트 위에서 호흡하는 사람도, 명상을 하며 침묵하는 사람도 모두 자기만의 방식으로 삶을 견딜 만하게 만드는 법을 배우고 있었다. 누군가에겐 기도, 누군가에겐 치유, 누군가에게는 수행이었다. 지금 내가 알고 있고 유일하게 믿을 수 있는 건 그 얼굴들이었다.

해발 720미터의 끝내주는 식사

시나몬의 알싸한 향과 사과의 달큰한 냄새가 절묘하게 어우러진 갓 구운 애플시나몬롤을 한 입 베어 물었을 때 입안에서 축제가 시작됐다. 겉은 바삭하고, 속은 촉촉하고, 아삭아삭 썹히는 사과 필링은 어찌나 적절하게 달콤하던지…. 모든 감각이 혀에 집중됐다. 그때 귀에 들려오는 소리.

"맛을 즐기거나 배를 불리기 위해서가 아니라 배고픔을 벗어나 청정한 수행을 하기 위해 이 공양을 받습니다."

공양게송*이었다. 그제야 정신이 돌아왔다. 아, 나 지금 수행하러 왔지.

내가 있는 곳은 시골 마을, 해발 720미터 산속의 선원이었다. 선원은 불교 수행인 참선을 근본으로 삼는 수행처다. 이곳은 초기불교 경전의 가르침을 바탕으로 부처님 당시의 수행 전통을 최대한 충실하게 전하고 있었다. 마음의 소요를 가라앉히고, 지혜를 구하고 싶었다. 이제 막 임신 5개월로 접어든 무거운 몸을 이끌고 3박 4일 수행 여정을 온 이유였다. 부푼 배와 부푼 가슴을 안고 수행처에 와놓고 음식의 맛에

---

* 불교에서 식사 전 마음을 고요히 하고 감사의 뜻을
되새기기 위해 읊는 짧은 시문.

나 지나치게 몰입하다니.

　　수행처의 하루 일과는 이랬다. 새벽 4시에 일어
나고 밤 9시 반에 잔다. 새벽 4시 반과 저녁 6시 반에
는 예불을 드린다. 식사는 아침과 점심만 먹고 저녁
은 먹지 않는다. 점심을 먹고 난 뒤엔 청소, 밭일, 설
거지 등 간단한 소일거리인 '공덕행'을 한다. 이를 제
외한 모든 시간엔 명상을 한다. 3박 4일의 집중 수련
으로 깨달음을 얻을 거라는 기대는 애초부터 없었다.
하지만 좀 더 깊은 명상 상태를 경험할 수 있지 않을
까? 그런 욕심이 조금은 있었다. 그러려면 좌선을 하
는 장소인 '선방'과 인연이 깊어져야 하는데, 실제로
깊어진 건 '유미당'과의 인연이었다.

　　유미당은 공양간으로 식사를 준비하고 제공
하는 공간이다. '유미'는 '젖 유(乳)'에, '쌀 미(米)'
로 수행자에게 최소한으로 제공되는 청정한 공양물
을 뜻한다. 음식을 통해 절제와 감사의 마음을 배우
고, 수행의 일환으로 삼으라는 뜻이다. 나는 '있을 유
(有)'에 '맛 미(味)'가 붙어 '맛이 있는 장소'인 줄 알
았다. 갓 구운 애플시나몬롤을 먹어봤다면 누구라도
그렇게 생각했을 거다.

　　수행처에 있는 동안 내가 공덕행을 한 곳이 바
로 유미당이었다. 스님들께서 임신 중인 나를 배려해

몸을 덜 움직이는 일을 배정해주신 것 같았다. 요리엔 도통 소질이 없는 터라 짐이 되지 않을지 염려됐다. '차라리 밭일을 주시지.' 고마운 줄도 모르고 작게 투덜거리며 유미당으로 향했다.

첫날의 임무는 재료를 손질하고 다듬는 일이었다. 흙이 묻은 감자를 깨끗하게 씻어, 껍질을 벗겼다. 감자가 포실포실하게 삶아지는 동안 부추와 양파, 당근을 잘게 다졌다. 스님들이 밭에서 직접 기른 채소들은 싱싱함이 남달랐다. 어설픈 칼질은 속도가 잘 나지 않아 양파를 써는 동안 눈물이 줄줄 흘렸다. 양파와 고군분투하는 사이 감자가 다 삶아졌다. 따끈한 김이 모락모락 나는 감자를 으깨고, 다져놓은 채소를 한데 모아 섞었다. 내 역할은 거기까지였다. 점심 공양 시간에 유미당에 가니 곱게 튀겨 때깔이 탐스러운 고로케가 나를 기다리고 있었다. '내가 만든 고로케가 이러케 맛있다니?' 감탄하고 있을 때 죽비 소리와 함께 공양게송이 들려왔다.

맛을 즐기거나 배를 불리기 위해서가 아니라 청정한 수행을 위해 육신을 지탱하는 약으로 삼는다는 공양게송이 무색하게 공양 시간을 기다리기 시작했다. 오늘은 무슨 메뉴가 나올지 기대됐다. 들기름에 살짝 무친 새콤한 묵은지는 그거 하나만으로도 밥 한

공기를 먹을 수 있었다. 수박, 사과마저 집에서 먹던 것보다 맛있었다. 공양 시간을 알리는 목탁 소리가 들리면 속에서 노래가 절로 나왔다.

이튿날엔 스님께서 만두를 빚자고 하셨다. 만두피를 만드는 과정부터 시작했다. 밀가루를 반죽하고 밀대로 밀어 동그란 틀로 찍어낸 만두피를 끝도 없이 만들었다. 나는 부추와 당근을 씻고 잘게 다져 만두소를 준비했다. 각자의 준비가 끝나고 다 같이 둘러앉아 만두를 빚었다. 명절처럼 화기애애했다. 수행처는 묵언이 기본이라 아무런 말도 나누지 않고 조용히 만두 빚기에만 열중했는데도 그랬다. 스님들의 옥처럼 맑은 얼굴, 묵묵히 만두를 빚는 수행자들의 얼굴에 고요함이 깃들어 아름다웠다. 점심에 나온 만두가 끝내주게 맛있었음은 말할 필요도 없다.

집으로 돌아가는 날이 되었다. 떠나는 날 아침엔 공덕행을 하지 않아도 되지만 자진해서 유미당에 갔다. 메뉴를 누구보다 빨리 알 수 있다는 것도 좋았지만, 재료를 다듬고 손질하는 시간도 내겐 처음 경험하는 즐거움이었다. 마지막 날 점심은 국수였다. 애호박을 씻고, 자르고, 국수와 곁들일 부추전에 들어갈 부추와 버섯, 당근을 썰었다. 서툰 칼질도 사흘째가 되니 제법 속도와 자신감이 붙었다.

마지막까지 끝내주는 식사를 했다. 짐을 챙겨 스님들께 인사 드리고 반납했던 휴대폰을 돌려받아 속세로 돌아왔다. 집으로 향하는 기차 안에서 밴드가 여기저기 감긴 두 손을 내려다봤다. 서툰 칼질이 남긴 상처들이었다.

수행을 떠나기 전 가장 걱정했던 것은 새벽 4시에 일어나는 것도, 휴대폰을 사용할 수 없는 것도, 하루 일곱 시간 이상의 좌선도 아니었다. 밥이 걱정이었다. 저녁을 못 먹는 것도, 채식도 두려웠다. 그런데 걱정할 필요가 하나도 없었다. 음식은 맛있었고, 아침과 점심만 먹는 것도 괜찮았다. 오히려 정신이 명료했다. 점심만 먹으면 쏟아지던 졸음도 없었다.

회사에서 일할 때는 점심을 야무지게 먹어도 서너 시가 되면 배가 고팠다. 서랍에 항상 들어 있는 건 타이레놀과 젤리, 초콜릿. 머리가 아픈 것만큼 배가 고픈 것도 응급 상황이었다. 아무리 늦은 시간이어도 저녁을 거르지 않았다. 수행처에서는 뭐가 달랐을까. 왜 저녁을 안 먹고도 배가 안 고프고, 오히려 생기가 돌았을까.

내가 찾은 답은 '음식과의 연결감'이었다. 속세의 식사는 주문 후 10분 정도면 상 위에 올라오고, 휴대폰을 열어 스크롤과 클릭 몇 번만 하면 집 앞에 도착했다. 자극적인 음식은 허기를 즉각 채워줬다. 내가 먹는 이 음식에 어떤 재료가 들어갔는지, 그건 어디서 왔고 어떤 모양이었는지, 누가 어떤 마음으로 만들었는지 생각해본 적이 없었다. 그저 배고픔을 달래고 입을 즐겁게 해주는 오락거리일 뿐이었다. 그러니 바로 전날 무엇을 먹었는지 잘 기억나지 않는 경우도 허다했다.

　유미당에서의 시간은 달랐다. 내가 만지고 다듬은 채소는 모두 수행처 한 켠의 밭에서 자란 것들이었다. 선방으로 향하는 길목에서 채소들이 자라나는 밭을 볼 수 있었다. 거기서 수확한 토마토나 가지는 모양이 제각각이었지만 흙의 온기와 햇살을 머금어 싱그러운 생명력을 뿜어냈다. 직접 씻고, 다듬고, 잘라서 준비한 재료들이 김이 모락모락 나는 따끈한 음식이 되어 식탁 위에 등장했다. 정성이 담긴 음식을 소중하고 귀하게 먹었다. 시간에 쫓겨 마시듯 먹거나, 수다를 떨고 화면을 보며 코로 들어가는지 입으로 들어가는지도 모르고 먹는 밥이 아니었다. 좋은 재료를 넣어 귀한 마음으로 준비한 음식, 천천히 집중하며 먹는 식사. 그 연결감이 마음의 허기까지 채워줬다.

수행의 시간은 아이를 낳고 신생아를 돌보며 체력적으로 가장 힘든 시기를 지날 때 빛을 발했다. 되는 대로 아무거나 입에 집어넣으며 연명하고 있던 날, 그해 여름 유미당에서 보낸 시간이 떠올랐다. 쌀을 씻고 콩을 넣어 밥을 짓고, 제철 무를 잘라 소고기 뭇국을 끓이고, 생선을 굽고, 숙주와 시금치를 데쳐 참기름과 간장을 넣고 나물을 무쳤다. 스스로를 응원하는 마음으로 준비한 밥이었다. 오랜만에 쌀을 씻을 때 손끝에서 느껴지는 생쌀의 감촉이 좋았다. 그렇게 차려낸 밥 한 끼를 남편과 마주 앉아 든든하게 나눠 먹고 나면 서너 시간마다 깨서 우는 아이를 돌볼 힘이 생겼다.

　　지금도 어떤 날엔 쫓기듯 허겁지겁 밥을 먹고, 지치고 힘든 하루 끝에 배달 음식으로 대충 끼니를 때우는 날도 있지만 수행처에서 배운 것을 잊지 않으려 노력한다. 집으로 돌아오기 전 유미당에 들러 벽에 붙은 공양게송을 한 자 한 자 정성스럽게 노트에 적어 왔다. 그건 좋은 삶을 사는 비밀이자 수행의 시작이었다.

　　지혜롭게 숙고하면서 이 음식 받습니다.
　　맛을 즐기거나, 배를 불리기 위해서가 아니라

배고픔을 벗어나 육신을 지탱하는 약으로 삼아
탐냄, 성냄, 어리석음, 번뇌의 고통을 벗는
청정한 수행을 위하여 이 공양을 받습니다.
이 공양이 여기 오기까지 깃든 손길과
보시하신 분, 준비하신 분, 함께하는 분,
모든 존재들이 건강하고 행복하소서.

삶을 명상으로 만들기

밥이 맛있던 선원에는 매주 수요일마다 선원장 스님과 수행자들이 대화를 나누는 시간이 있었다. 일정이 맞지 않아 아쉽다고 생각하던 차에, 떠나기 하루 전날 유미당을 나서다 우연히 선원장 스님을 마주쳤다. 둥근 배를 안고 수행을 하러 온 나에게 마음이 쓰이셨는지 스님께서 먼저 입을 여셨다.

"궁금한 게 있으면 잠깐 이야기를 나눌까요?"

맑고 깊은 눈동자였다. 뒤를 따르던 다른 스님도 귀한 기회라며 조심스레 안으로 들어올 것을 권했다. 독대를 할 만큼 특별히 궁금한 것은 없었지만 그 눈을 더 바라보고 싶었다. 엉거주춤 들어가 선원장 스님 앞에 앉았다. 명상 중 경험한 사소한 어려움부터 명상이 지루하다는 투정까지, 무엇을 이야기하든 스님은 간결하고 명쾌한 답을 주셨다. 어떻게 살아야 하는지, 지금 뱃속에서 자라고 있는 아이는 어떻게 키워야 하는지 답을 구하고 싶은 마음이 목 끝까지 차올랐지만 그건 아무리 깨달음을 얻은 스님이라도 답해주실 수 없는 문제 같아 속으로 삼켰다. 잠시 망설이다 물었다.

"삶을 명상으로 만들라는 말씀을 하셨잖아요. 어떻게 하면 삶이 명상이 될까요?"

스님은 미소를 지으며 내게 뒤편 책장에 꽂힌

작은 수첩을 하나 가져오라고 하셨다. 노란색 표지에는 '수행일지'라고 적혀 있었다.

"매일 30분씩 명상하고, 법문을 들으세요."

그게 다였다. 좌선과 법문이 어떻게 삶을 명상으로 만드는 걸까, 다른 비법은 없는 걸까 궁금했지만 스님의 눈빛은 다정하면서도 단호하게 끝을 말하고 있었다. 감사 인사를 드리고 방으로 돌아와 수행일지를 펼쳐보았다. 매일의 수행을 기록할 수 있는 표가 그려진 특별할 것 없는 노트였다.

일상으로 돌아온 뒤엔 바쁘다는 핑계로 법문을 챙겨 듣지 못했다. 시간은 금세 흘러 어느덧 출산이 임박했다. 육아휴직을 앞두고 이제는 다 큰 중고등학생 아이를 둔 회사 선배들과 점심을 먹었다.

"아이 안 낳는다고 하더니, 다른 사람도 아니고 은경이가 임신할 줄이야. 정말 놀랍다. 왜 마음이 변했어?"

"남편이 갖고 싶대요. 갖고 싶다고 했으니 잘 키우겠죠? 주 양육자는 남편으로 하려고요! 하하."

자신만만한 그 말에 선배들은 웃기만 했다. 돌이켜보면 이미 눈빛으로 많은 이야기를 하고 있었다. 아마 이런 게 아니었을까.

'은경아, 해봐라. 그게 되나.'

막상 낳아 보니 아이는 왜 이제야 낳았나 싶을 정도로 정신 못 차리게 예뻤다(피곤해서 정신을 못 차린 것일 수도 있다). 눈을 마주친 아이가 꺄르르 웃으면 온 세상이 함께 웃는 것 같았다. 태어나 처음 느껴 보는 종류의 행복이었다. 문제는 고단함 또한 태어나 처음 겪는 종류였다는 것이다.

아이가 태어나고는 매일이 전쟁 같았다. 낮과 밤의 경계가 사라졌다. 아직 배가 작은 아이는 조금씩 자주 먹고, 잠도 얕았다. 잠에서 깰 때는 온몸으로 우렁차게 울었다. 아이가 언제 깰지 모르니 잠시 눈을 붙였다가 울음소리에 머리채 잡히듯 깨는 일상이 끝없이 반복됐다. 아이가 밤과 낮을 구분할 수 있게 되고 수면과 수유 패턴이 안정된다는 '100일의 기적'을 고대했지만, 우리에게 찾아온 건 '100일의 기절'이었다.

육아라는 전쟁터에서 남편은 전우였지만 서로 다른 형태의 싸움을 하고 있었다. 남편이 아무리 함께하려 애써도 육아의 무게 추는 언제나 내 쪽으로 기울었다. 열 달의 친분을 먼저 쌓아서일까. 엄마의 지분이 절대적으로 클 수밖에 없었다. 아이의 울음을 쉬이 잠재우는 건 익숙한 엄마 냄새, 엄마의 품이었다. 가뜩이나 관절이 약해진 상태로 하루 종일 아이를 안고 있으니 손목과 발목, 허리까지 성한 곳이 없었다.

추운 겨울, 신생아를 밖에 데리고 나갈 수도 없어 늘 집 안에만 머물렀다. 집은 내게 따뜻하고 포근한 감옥이었다. 가끔은 시간이 멈춘 듯했다. 남편의 시간은 계속 흘러가고 있었다. 일도 하고 육아도 해야 하는 일상이 더 힘들었을지 몰라도 나는 차라리 밖으로 나가고 싶었다. 내 일을 하고 싶었다. 누군가를 돌보는 삶이 아니라 나로 살고 싶었다.

임신한 몸으로 대학원 1학기 수업까지는 마칠 수 있었지만 출산이 겹쳐 2학기는 휴학계를 제출했다. 입학하자마자 휴학이라니, 그것도 속상했는데 이대로라면 복학도 요원해 보였다. 공부하며 만난 친구들은 모두 수행을 가열차게 이어가고 있었다. 열흘이 넘는 집중 수행, 저명한 스님의 특강, 해외 리트릿까지. 나는 아이 옆에서 잠시 떨어지는 것도 어려웠다. 다들 정진하는 동안 나만 멈춰 선 기분이었다. 아니, 뒷걸음질치고 있는 것 같았다.

명상을 하며 마음을 다잡아보려고 해도 제대로 못 자고, 못 먹고, 화장실도 마음대로 갈 수 없는 상황에서는 어렵기만 했다. 지치고 지친 날엔 기어코 원망의 마음이 커다란 행복을 비집고 얼굴을 드러냈다.

온라인으로 새벽 명상 수업을 듣기 시작한 건 그 무렵이었다. 회사에 다닐 때는 이른 시간이 부담스러워 듣지 못했던 수업이다. 하지만 신생아를 돌보며 시계도 보지 않고 밤낮의 구분 없이 살고 있던 내게 6시 30분은 더 이상 새벽도 이른 아침도 아니었다. 오디오 수업이어서 아이를 안거나, 기저귀를 갈면서도 귀만 열면 참여할 수 있었다. 해가 떠오르기 시작한 어슴푸레한 새벽녘에 마음을 공부하는 그 시간이 등대의 빛 같았다. 명상 수업을 들으며 스님들의 법문까지 찾아 듣기 시작했다. 아이와 보내는 한낮의 집에 스님의 목소리가 배경음악처럼 흘렀다.

그러던 어느 새벽이었다. 남편은 일주일짜리 출장을 떠난 참이었다. 그날 아이의 밤잠은 유난히도 짧았다. 한두 시간 간격으로 일어났고, 한참을 서서 안고 재워서 겨우 눕히면 금세 또 울면서 깼다. 거의 뜬눈으로 지새우다시피 보냈다. 새벽 4시쯤이었을까. 기저귀를 갈아주다 오줌 세례를 맞았다. 새 기저귀를 채우고 새 옷을 입히고, 이부자리를 다시 정리해 눕히려는데 아이가 똥을 쌌다. 다시 치우고 새 기저귀를 채우려다 또 오줌을 맞았을 때의 기분이란.

내 얼굴에서 흐르는 건 오줌일까 눈물일까.

'너무 피곤하다. 졸리다. 힘들다. 나도 비행기에 타서라도 방해받지 않고 쭉 네 시간만이라도 자고 싶다. 어떻게 이렇게 어린 아기랑 나만 두고 출장을 간 거지. 나는 왜 혼자 이 고생을 하고 있지. 억울하다. 이렇게 하고 싶은 일을 다 하고 살 거라면 아이는 낳지 말았어야지. 대체 왜 아이를 낳자고 한 거지?'

분노는 그라데이션으로 커졌다. 그 끝에 미움과 원망이 자라나 있었다. 그러다 문득 법문에서 들은 이야기가 생각났다. "우리가 통제할 수 있는 단 한 가지는 내 마음의 위치뿐이다." 순간 정신이 번쩍 들었다. 정신을 차리자 분노의 불씨에 바람을 불어 점점 불덩이를 키우고 있는 내 모습이 보였다. 울음을 멈추고 자리를 다시 수습한 뒤 아이를 품에 안고 토닥였다. 아이의 숨소리가 고르게 바뀌고, 어깨 위로 기댄 아이의 몸이 무거워졌다. 깊은 잠에 든 것 같았다. 창밖을 보니 어느새 해가 떠오르고 있었다. 마크 로스코의 그림처럼 붉은색과 푸른색이 겹친 새벽 하늘이었다. 귓가에 들려오는 새근새근 소리와, 품에 안긴 아이의 따뜻한 온기를 느끼며 그 하늘을 오래도록 바라봤다. 그때 내게 남아 있는 마음은 미움이 아니라 사랑이었다. 상황은 똑같았다. 남편은 없고, 몸은 여전히 힘들었다. 바뀐 것은 내 마음 하나였는데 상쾌한 바람이 부는 듯했다.

아이를 돌보는 동안 법문을 많이 듣고, 연습해 보기로 했다. 법문을 듣는 건 내 안에 씨앗을 심는 일이었다. 그것이 어느 순간 싹을 틔워냈다. SNS를 보다 부러움에 휩싸일 때 "질투는 보리심(깨달은 마음)을 연습할 수 있는 귀한 기회다"라는 가르침을 떠올렸다. 물론 그보다 질투라고 인정하고 싶지 않은 내 마음을 직시하는 게 먼저였다. 그냥 무시해버리고 싶은 감정들 속에 숨어 있는 마음의 실체를 확인하는 나날들이었다. 그러다 문득 선원장 스님이 떠올랐다. 삶을 어떻게 명상으로 만들 수 있냐는 나의 질문에 수행일지를 내밀며 법문과 명상을 권하셨던 모습이.

수행은 머리와 엉덩이가 함께 하는 일이었다. 지혜로운 선지식이 전해주는 법문을 듣고 책을 읽으며 머리로 공부해야 했고, 방석에 앉아 숨과 마음을 고요히 바라보는 시간이 뒷받침되어야 했다. 머리로 아는 것들이 가슴으로 내려올 때 생각은 경험이 되었고, 앎은 지혜가 되었다. 머리로만 이해하는 것과는 확연히 달랐다. 자리에 앉아 내 안의 생각에 끌려가지 않고 그저 바라보는 연습은 일상에서도 즉각적인 반응 대신 내 마음을 알아볼 수 있는 힘을 길러주었다. 배움을 통해 그 마음의 뿌리를 명확하게 볼 수 있었다.

그게 바로 부처님의 가르침으로 들어가는 세 가지 지혜, '문사수(聞思修)'였다. 스승에게 배우고, 그 배움을 숙고하며, 삶으로 실천하는 수행. 지혜가 자라나기 위해서는 지금의 마음을 알아차리는 사띠와 그 마음의 흐름을 분명히 알고 올바른 방향으로 이끄는 삼빠자냐(Sampajañña)가 함께해야 했다. 삼빠자냐는 단순한 주의에서 한 걸음 더 나아가 그 마음이 어디에서 비롯되었는지, 지금 어떤 의도로 흘러가고 있는지를 꿰뚫어 보는 지혜였다. 고요함과 지혜가 서로를 비추며 자랄 때 명상은 비로소 삶의 한가운데에서 살아 움직였다. 그제야 스님이 왜 법문을 듣고, 수행하라고 하셨는지 알 것 같았다.

지금 있는 자리에서 배우고 실천하며 깨어 있을 수 있다면 멀리 떠나지 않더라도 내가 있는 모든 곳은 수행처가 될 수 있었다. 수행은 삶을 바꾸는 일이 아니라, 삶을 대하는 나의 태도를 바꾸는 일이었다. 아이에게 묶여 어딘가로 떠날 수 없는 처지는 같았지만 아이와 함께 있는 작은 집이 더는 감옥처럼 느껴지지 않았다. 마음의 방향이 바뀌자 내 안에서는 서서히 자유가 자라나기 시작했다.

뒤틀린 파이터의 고백

〈스트리트 우먼 파이터〉에서 미션을 앞둔 댄서 아이키가 이효리에게 섭외 전화를 건다. 미션 합류를 부탁하는 아이키에게 이효리는 전화 너머로 말한다.

"이제 요가한다 언니. 파이터 아니야."

낄낄 웃으며 캡처한 짤을 친한 동생인 슬기에게 보냈다. 곧이어 온 답장.

"언니. 언니는 요가하는 파이터예요."

사람은 변하지 않는 걸까? 나는 세상엔 두 종류의 사람이 있다고 믿는다. 사람이 변하지 않는다고 생각하는 사람과 변한다고 생각하는 사람. 나는 후자에 속한다. 그런데 요가원 원장이 된 이효리는 더 이상 파이터가 아닌지 몰라도 회사원 이은경은 요가와 명상을 해도 여전히 파이터였다.

지금까지 읽었다면 어렴풋이 느꼈을 수도 있다. 나는 '좋은 사람'이 되는 것에 집착했다. 온화하고, 친절하고, 평온한 사람. 그건 오래전부터 내 추구미였고, 명상을 하는 사람이라면 응당 그래야 한다고 생각했다. 좋은 사람이 되고 싶었다는 건 스스로를 좋은 사람이 아니라고 생각했다는 이야기다. 이유는 여럿이었다. 일단 화가 많았다. 아니꼬운 것도 많았다. 남과 비교하며 스스로 초라해질 때의 기분은 또 어떤지. 분노와 질투 같은 너절한 마음들이 매일 내 안에서 춤췄다. 까칠하고 예민한 성정은 일을 할 때 극대화됐다.

아이러니한 건 그러면서도 남의 눈치를 무척 봤다는 사실이다. '은따'라는 말이 유행하던 시절, 유행과는 거리가 멀게 살던 나에게 그 유행이 찾아왔다. 신체적, 언어적 폭력은 없었지만 또래 아이들 무리에서 은근하게 소외당한 경험은 어린 내게 깊은 상처를 남겼다. 화장실 칸까지 같이 들어가는 무리 생활 시절에 혼자라는 건 꽤 당혹스러운 일이었다. 덕분에 눈치도 빨라지고, 혼자서도 잘 지내는 어른으로 컸다고 자조하면서도 자주 그 기억을 톺아보곤 했다. 따돌림의 이유는 다양했다. 내가 너무 예쁜 척을 한다고 했다. 친구들 중 한 사람만 편애하는 것이 거슬린다고도 했다. 또 뭐가 있었는지 모르겠지만 그 이유들을 모두 요약하자면 재수 없었단 소리였다.

미움받는 건 참 불편한 일이어서 누구와도 두루두루 잘 지내는 사람이 되고 싶었다. 그게 나를 지켜주는 안전한 태도라고 생각했다. 예민하고 까칠한 기질은 모두 집에서 쏟아냈다. 그래도 괜찮다고 생각하는 공간에서만 풀려나는 선택적 까칠함이었다. 직장에서도 그랬다. 일이라는 것을 방패 삼아 공격적인 사람이 되었다. 예민함과 까칠함은 어느 순간엔 나의 무기였다.

화가 많거나 눈치를 보거나 둘 중에 하나만 했어야 하는데, 나는 미움받기 싫어하는 뒤틀린 파이터였다. 술을 마시고 취기가 돌면 엉망진창이 되었던 것도 평소에 나를 너무 억누른 것의 반작용이었다. 꾹꾹 눌러뒀던 감정들이 술기운과 함께 터져 나왔다. 이 모든 것이 한데 얽혀 나는 스스로에게 '별로인 인간'이라는 도장을 꾸욱 눌러 찍었다. 내가 나라는 사실로 미움받던 어린아이일 때 처음 찍힌 도장 위로 몇 번이고 눌러 점차 선명해진 자국이었다. 종국엔 문신처럼 나와 한몸 같았다.

그렇게 나를 미워하며 살다 만난 요가와 명상은 '좋은 사람'으로 가는 보장된 길처럼 보였다. 어려운 자세를 취하기 위한 노력과 앉아서 호흡하는 시간만이 수련의 전부라고 생각했던 시기를 지나 수행과 철학 중심의 불교를 깊이 있게 공부하기 시작하고, 계율과 지혜를 배우고 실천하는 것의 중요성을 알고 노력하는 단계에 닿은 후에도 처음 품었던 이상적인 이미지를 내려놓지 못했다. 배우고 익히면 언젠가는 어떤 순간에도 평온함을 유지하는 사람이 될 수 있을 거라는 희망도.

보고 들은 것을 익히면서 이상적인 태도를 흉내 내는 것도 가능해졌다. 너절한 마음이 올라오려고 하면 내 안의 문지기가 잽싸게 막아섰다. '명상하는 사람이 이러면 안 되지.' 나는 마음을 돌보는 법을 배우며 동시에 마음을 통제하는 법에도 능숙해지고 있었다. 그렇게 뒤틀린 속으로 감정을 누르며 사람 좋은 미소를 지어 보일 때는 이런 목소리가 들렸다. '괜찮은 사람인 척하고 있네? 너 사실 되게 별로인 인간이잖아.'

상담을 시작했을 때 내가 선생님께 괴로움을 토로했던 것도 이런 문제였다. 속에는 미움을 품고 있으면서, 제대로 미워하지도 못하는 뒤틀림의 원인이 어릴 적 당한 따돌림에서 시작된 것 같다며 문신처럼 새겨진 기억들을 늘어놓았다. 선생님은 가만히 듣고만 계셨다. 그리고 말을 멈추자 내 눈을 지그시 바라보고 입을 떼셨다.

"저는 다른 상담들처럼 과거의 기억을 파헤쳐 거기서 원인을 찾아내진 않을 거예요. 대신 지금 내 안에 일어나는 마음을 인정하는 데 집중할 거예요. 지금, 여기의 마음을 바르게 알아차리는 힘이 커지면 과거는 자연스레 풀린다고 생각합니다."

새벽 명상 선생님의 목소리와 가르침에 이끌려

찾아간 명상 철학 기반의 심리 중재 상담이었다. 환희지 선생님은 이 과정이 알아차리고, 들여다보고, 감정을 풀어내고, 통찰을 갖고, 새로운 마음을 심는 일을 반복하는 마음의 훈습 과정이라고 설명했다. 그리고 숙제를 내주셨다.

"마음을 알아차리는 방법은 간단해요. 마음이 일어나면 몸으로 주의를 가지고 가보세요. 몸에서 어떤 느낌과 감각이 느껴지는지 가만히 보세요. 나를 물이 끓고 있는 냄비라고 생각해보세요. 오만 생각이 일어나겠지만 그냥 냄비가 되는 거예요. 멈추고 봤을 때 이미 불을 끈 거지만 잔열이 남아 있으니 여전히 물은 끓고 있을 거예요. 그래도 거기에 반응하지 않고 그냥 내버려두면 언젠가는 잦아들고 멈춥니다. 그때까지 그냥 지켜보는 연습을 해보세요. 처음엔 마음이 일어나는 것을 알아차리는 것도 어려울 테지만 꾸준히 한번 해보시고 다음 시간에 만나요."

선생님이 알려주신 건 불교의 사념처(四念處)에 기반한 마음 관찰법이었다. 몸과 느낌과 마음, 법(진리)을 따라가며 지금 일어나는 모든 경험을 있는 그대로 알아차리는 위빠사나의 방식이기도 했다. 초기불교 명상에는 사마타(Samata)와 위빠사나(Vipassanā)라는 두 가지 큰 축이 있다. 사마타는 마음을 한 대상에 집중시켜 고요함을 얻는 훈련이고, 위빠사나는 일어나는 모든 현상을 있는 그대로 관찰하며 통찰을 얻는 방식이다. 둘을 합쳐 지관(止觀) 수행이라고 부른다.

똑같이 눈을 감고 앉아 있더라도 사마타 수행이라면 코끝에서 들고 나는 호흡에만 의식을 두는 등 한 대상에 집중해 마음을 한 점으로 모은다. 한 대상에 사띠를 두어 마음을 놓치지 않고 머물게 하며, 깊이 집중할수록 점차 마음이 고요해지고, 삼매(三昧)에 가까워진다(나는 경험하지 못한 경지다). 이 삼매가 더욱 깊어져 안정적으로 머무는 상태를 수행 전통에서는 선정(禪定)이라 부른다. 위빠사나는 사띠를 몸의 감각과 생각, 감정으로 넓혀가며 일어남과 사라짐의 흐름을 관찰함으로써 지혜를 계발한다. 보기엔 같은 모습이지만 마음 안에서 일어나는 일은 이다지도 달랐다.

내가 갔던 선원에서는 사마타로 먼저 마음을 고요히 해서 정신없이 떠도는 마음을 있는 그대로 볼 수 있어야 위빠사나로 통찰 지혜를 계발할 수 있다며 사마타를 먼저 닦을 것을 권했다. 그래서 혼자서는 주로 '아나빠나사띠(ānāpānasati)'라는 호흡에 집중하는 사마타 명상을 해오고 있었다.

환희지 선생님이 알려주신 대로 해봤다. 분노라는 감정이 일어날 때 몸으로 주의를 돌리자 딱딱하게 굳은 어깨와 묵직해진 가슴이 느껴졌다. 계속 주시하니 그 감각도 이내 사라졌다. 슬픔은 주로 목에서 느껴졌다. 가끔 분노인지 슬픔인지 가늠하기조차 어려운 커다란 감정들이 내가 알아차릴 새도 없이 나를 덮치곤 했다. 그럴 때면 몸으로 주의를 돌리는 것조차 잊은 채 한참을 감정에 휩싸여 있다가 겨우 빠져나오곤 했다. 하지만 어디서 무엇을 느껴야 할지 알 수 없었던 감정들도 결국엔 다 사라졌다.

위빠사나를 통해 우리가 얻을 수 있는 통찰은 존재하는 모든 것은 일어나고 사라진다는 사실이었다. 그 불변의 진리를 '무상(無常)'이라고 했다. 혹자는 불교를 오해해 허무주의와 연결시킨다. 하지만 여기서 말하는 무상은 허무와는 다르다. 허무가 무가치와 무의미를 말한다면 무상이 말하는 건 생멸과 변화였다. 모든 것이 끊임없이 변한다는 것은 곧 고정된 실체가 없다는 뜻이고 이 통찰은 불교의 또 다른 진리인 '무아(無我)'로 이어진다.

내가 없다고? 이름, 나이, 외모, 학벌, 재산, 지위, 직함. 나는 나를 수식하는 모든 것으로 똘똘 뭉쳐 있기에 내가 없다는 것이 쉽게 받아들여지지 않았다.

켜켜이 쌓인 과거의 기억들이 문신처럼 남아 '구린 나'가 너무도 선명한데 어떻게 내가 없다는 말인가. 하지만 무아는 자아의 부정이 아니었다. 단지 '고정된 나'라는 것이 없다는 깨달음이었다. 내가 나라고 믿는 나는 수많은 기억과 감정, 관계가 얽혀 생겨난 결과값이었다. 이 또한 영원하지 않았다. 나 역시 사라지는 감각과 감정처럼 변화의 흐름 위에 있는 존재였다. 과거의 기억을 붙잡고 놓아주지 않는 것은 존재가 아니라 그 기억을 나라고 믿는 마음이었다.

이런 마음의 구조를 '서술적 자아(narrative self)'라고도 부른다. 과거의 경험과 타인의 시선, 사회적 역할을 엮어 '나는 이런 사람이다'라고 말하게 하는 내면의 서사. 그러나 그건 실체도 없었고, 진실도 아니었다. 변하고 사라지는 것들을 지켜보며 나는 어렴풋이 알게 되었다. '나'라고 믿어온 것은 그저 끊임없이 쓰이고 지워지는 하나의 이야기였다는 것을. '재수 없는 나', '화가 많은 나'를 나라고 생각하며 그 틀에 나를 집어넣고 있는 것은 바로 나였음을.

명상은 그 이야기에서 벗어나는 연습이었다. 과거와 미래, 좋고 싫음, 평가와 비교의 세계에서 벗어나 지금 이 순간에 그대로 존재하는 일. 감정과 생각의 파도 위에서 그것을 '나'라고 붙잡지 않는 것. 그러니 선생님이 말했던 것처럼 과거를 되짚어가는 것보다는 지금 이 순간에 온전히 존재하는 것이 더 중요했다. 변하고 사라지는 것들을 관찰하면서 스스로 생각하는 '별로인 인간'이라는 문신도 서서히 흐려졌다. 구린 모습은 여전히 내 안에 있었다. 너절한 마음? 여전히 올라왔다. 하지만 더 이상 그것이 나를 규정하게 두지 않았다. 스스로가 한심하게 느껴지거나 과하게 우쭐한 마음이 올라올 때는 내가 나에게 하는 이야기에 또 속아 넘어갔다는 사실을 상기했다.

'나답게 살라'는 말을 들으면 늘 마음이 답답했다. 나다운 게 뭐지? 나는 구린 사람인데? 하는 의문이 솟아올랐다. 지금은 안다. 나답다는 건 그저 변하는 흐름 속에서 그때그때의 나로 존재하는 일이었다. 내 안에 일어나는 마음을 제대로 알아볼 수 있다면 일관된 모습이 아니더라도 그게 나답게 사는 것이었다. 위빠사나로부터 얻은 통찰은 나에 대해 새로운 이야기를 쓸 수 있는 가능성을 열어줬다.

여전히 일할 때는 종종 파이터가 되곤 한다. 옛날엔 그런 내 모습이 싫고 괴로웠다. 그래서 벌어졌던 나 자신과의 숱한 싸움에는 승자는 없고 패자만 있었다. 나는 이제 나와 싸우지 않는다. 하나의 모습이 내 전체를 규정하게 두지 않고, '또 내 안의 파이터가 나왔구나' 하고 인정한다. 불완전하고, 실수하고, 또 성장하며 변해가는 그 흐름 자체가 모두 내가 된다는 걸 알게 되었으니까.

그러니까, 언니도 이제 정말 파이터 아니야 슬기야.

어떻게 사랑을 덧입힐 수 있을까

내가 끊임없이 변하는 존재라는 '무아'의 통찰 위에 어떻게 사랑을 덧입힐 수 있을까. 나를 사랑하는 건 어떻게 하는 걸까. 다들 나를 사랑하라고 외치면서 정작 방법을 알려주는 이는 없었다. 그 답을 알게 된 건, 그래서 진심으로 나를 사랑할 수 있게 된 건 명상을 만나고 서른을 훌쩍 넘긴 뒤였다.

학창 시절 내가 가장 좋아하던 과목은 사랑이었다. 늘 누군가를 좋아하는 상태로 살았다. 춤으로 무대를 압도하는 가수, 일요일 밤마다 웃게 해주는 개그맨, 안경이 잘 어울리는 똑똑한 반장, 아는 게 참 많은 선생님까지. 대학생이 되어서도 학업보다 연애로 바빴다. 만나는 남자들은 외모에도 성격에도 공통분모가 없었다. 친구들은 취향도 없다며 혀를 찼지만 모르는 소리, 그 간극이 재미였다. 연애의 맛은 나 아닌 다른 존재를 깊이 알게 되는 데 있었다. 다양하면 다양할수록 좋았다.

르네 마그리트의 〈연인들(The Lovers)〉은 내 연애의 완벽한 은유였다. 머리에 흰 천을 뒤집어쓴 채 키스를 나누는 눈먼 두 연인의 모습. 내밀한 이야기를 나누며 상대를 완벽하게 이해했다고 믿지만, 막상 헤어지고 나면 아주 남이었다. 내 친구가 금방 알아챌 만큼 별로인 사람도 정작 연인인 나는 오래도록 알아보지 못하는 경우도 있었다. 몇 번의 이별을 겪은 뒤에야 알았다. 내가 사랑한 건 사람이 아니라 사랑이었다는 걸. 알면서도 사랑을 사랑하는 일은 질리지도 않았다.

어려운 쪽은 이별이었다. 사랑이 끝났는데도 상대가 슬퍼할까 봐 끝내야 할 때 차마 끝을 말하지 못했다. 어영부영 이어진 관계의 끝이 좋았을 리 없다. 거기서 기다리는 건 더 큰 눈물과 상처였다. 황지우 시인은 「뼈아픈 후회」에서 "내가 사랑했던 자리마다 모두 폐허다"라고 썼다. 내가 사랑했던 자리들도 모두 끔찍한 폐허였다. 거기에 남은 죄책감, 상처, 후회를 바라보며 늘 스스로를 탓했다.

엉망인 연애와 술과 과로는 한데 얽혀 내 삶을 좀먹었다. 명상을 시작하고 제법 제대로 된 삶의 모양이 만들어지자 과거의 시절과 단절하고 싶었다. "그땐 내가 귀신 들렸었나 봐. 왜 그랬는지 몰라." 누군가 과거의 얘기를 꺼내면 자조적인 웃음으로 퉁치고 넘어갔다. 하지만 내 안에선 그렇게 쉽게 넘어가지지 않았다. 그럴수록 과거는 내 발목을 더 집요하게 움켜쥐었다. 괴로워하던 어느 날엔 선생님에게 메시지를 보냈다. '애쓰지 마세요'라는 말로 나를 요가의 세계로 인도해준 분이었다.

"명상을 하면서 자꾸 과거에 했던 잘못들, 사람들한테 상처 주고 못되게 군 모습들이 생각나는데 이건 어떻게 해야 할까요? 인정하기엔 너무 못된 모습들이고, 그때와 나는 다른 사람이라고 끊어내기엔 여전히 같은 사람인것 같아요."

한참 후, 선생님에게서 긴 답이 도착했다.

"그때의 나는 그게 최선이었을 거예요. 내가 지금 의식이 성장한 만큼 내가 나에게 주는 것도, 그리고 다른 사람들에게 주는 것도 달라졌겠지만 그땐 그게 나의 최선이었을 거예요. 그들을 상처 주기 위해 그랬던 것이 아니고, 무의식중에 일어난 습관적인 반응이자 반복이었을 거예요. 그러니 나를 먼저 용서해주세요."

명상을 시작한 지 얼마 되지 않았을 때라 이 말을 제대로 이해할 수 없었다. 가장 받아들이기 어려웠던 것은 그게 나의 최선이었다는 부분이었다. 나의 최선이 그 정도일 리 없었다. 내가 용서받을 자격이 있을까? 나는 용서하는 대신 실수하고 상처 주던 그 시절의 나를 철저히 미워하고 무시하는 걸 택했다. 차라리 상처를 받은 쪽이었다면 좋았을 거라고 후회하면서. 잘못을 인정할 용기도 없고, 양심이 스스로

를 갉아먹어 모른 척할 수도 없는 나. 술을 마신 이유
도 결국 그 모순을 잊기 위해서였을지도 모른다.

　　그 대화를 나눈 때로부터 시간이 한참 흘렀다.
환희지 선생님과의 상담이 거듭되던 어느 날 이 주제
가 수면 위로 떠올랐다.

　　"제가 술을 한번 마시면 엄청나게 마시고, 주사
도 있고… 그래요. 그게 너무 부끄러워요."

　　"밖으로 빼내지 못하는 공격은 자기에게 돌아
가는 거 알아요? 술을 그 정도까지 마시는 건 자해와
도 같아요. 자기를 벌 주는 행동이에요. 그리고 또 어
떤 방식으로도 자해하는 줄 아나요?"

　　"어떻게요?"

　　"열심히 사는 거."

　　"네? 열심히 사는 게 왜… 어떻게…?"

　　"내가 하고 싶지 않은 일인데도 무조건 인정받
아야 하는 마음, 그게 또 다른 형태의 자해예요. 밖으
로 나와 공격하지 못한 감정이 방향을 바꿔 자신을 향
하는 거예요."

　　선생님은 덧붙여 말했다. 감정은 억누르지 말고
흘려보내야 한다고. 쌓아두면 언젠가 엉뚱한 곳에서
터져버린다고. 그게 마음의 통로가 막힌 상태라고 했
다. 그리고 다시 사념처 수행을 강조했다. 수행의 시

간이 쌓이는 동안 내 안의 감정을 잘 마주하는 사람이 되었다고 생각했는데 아니었을까?

어느 날 초조하고 불안해하는 친구 옆에서 함께 그 감정을 느끼고 있을 때였다. 나는 자주 그랬다. 주변의 감정을 빠르게, 깊게 느꼈다. 단순히 예민한 성향이 만들어낸 공감 능력이라고 생각해왔다. 하지만 그 이면에는 또 다른 감정이 있었다. '혹시 내가 뭘 잘못했나?' 그러다 문득 깨달았다. '나 지금 자연스럽게 내 탓을 하고 있잖아?' 내가 아무것도 잘못하지 않은 것이 분명한 상황에서도 내 안에서 원인을 찾고 있었다.

수행의 시간이 켜켜이 쌓이면 어느 순간 마음의 습관이 눈에 보인다. 그렇게 눈에 들어온 마음의 습관은 그동안 스쳐 지나갔던 가르침들과 맞물리며 하나의 맥락으로 이어지고 그제야 모든 게 선명해진다.

친구나 연인의 감정을 살피고, 그 원인을 내 안에서 찾는 건 성숙한 태도라고 믿었다. 하지만 눈치를 보는 건 초점을 상대방이 아닌 나에게 맞춘 행위이기 때문에 배려와는 달랐고, 오히려 상대를 불편하게 만들기도 했다. 그 안에 있는 건 '미움받고 싶지 않은 나'였다. 게다가 더 나쁜 건, 반대로 내 안에서 일어나는 감정도 상대에게 전가하고 있다는 것이다. '내가 화났다'가 아니라 '네가 나를 화나게 했다'는 말은 겉보기엔 비슷하지만 전혀 달랐다. 둘 다 '화'지만 후자에는 그 감정에 대한 내 책임이 결여돼 있다. 그건 감정의 중심을 피해 도는 방식, 결국은 사건과 상황이 내게 이 감정을 가져다줬다고 믿는 태도였다. 그제야 예전에 배웠던 것이 떠올랐다. 누군가의 말이나 행동이 감정을 자극할 수는 있지만 그 감정은 내 안의 신념, 내가 세상을 해석하는 방식이 만들어낸 것이라는 이야기였다. 감정은 사건의 결과가 아니라 해석의 결과였다. 감정은 언제나 느끼는 사람의 몫, 그러니 치유와 회복도 그의 몫이었다. 내 감정을 누군가의 탓으로 돌리면 잠시 편해졌지만 나를 통과하지 않은 감정은 어디에도 가지 못한 채 내 안에 쌓이고 있었다.

연애와 이별을 반복하며 헤어짐을 말하지 않은 게 배려라고 생각했지만 돌이켜보니 그저 두려움에 불과했다는 것도 알게 됐다. 그 안에 꽁꽁 숨어 있던 감정은 미움받지 않으려는 두려움과 좋은 사람으로 남고 싶은 욕심이었다. 사랑이 남긴 폐허는 내 감정을 제대로 보지 못하고, 나와 상대가 감당해야 할 몫을 혼동한 결과였다.

나는 스스로를 더 정직하게 마주할 필요가 있었

다. 내 감정을 억누르지 않고, 무시하지 않고, 미화하지 않고, 있는 그대로 바라볼 필요가. 그런데 어떻게? 그때 자애 명상을 다시 만났다.

자애 명상은 사마타와 위빠사나와 함께 불교 명상을 이루는 주요한 수행의 축이다. 눈을 감고 온 마음을 다해 "내가 행복하기를. 내가 모든 고통에서 벗어나기를. 내가 안전하기를. 내가 사랑받기를"이라는 문구를 반복한다. 이 문장의 주어는 점차 넓어진다. "그가 행복하기를"에서 "그들이 행복하기를"로, 그리고 "온 존재가 행복하기를"로 번져나간다. 자애 명상이 익숙해진 후엔 미워했던 사람, 불편했던 사람을 향해서도 자애의 마음을 보낼 수 있다. 여기서 중요한 건 이 자애가 나로부터 시작한다는 것이다.

다양한 수행 방법을 전하고 있는 경전 『청정도론』에는 이런 구절이 나온다.

"마음으로 모든 방향을 통과하면서, 그는 자신보다 더 소중한 곳이 없음을 안다. 마찬가지로 각자는 자신을 가장 사랑한다. 그러므로 자신을 사랑하는 사람은 타인에게 해를 주지 않는다."*

---

*   에도 쇼닌·윌리엄 밴 골든·니르베이 싱, 『마음챙김의

나를 진심으로 사랑하는 사람만이 다른 존재 또한 그들 자신을 사랑한다는 것을 이해할 수 있기 때문에 자애의 마음을 낼 수 있다는 것이다. 내 안의 사랑을 타인에게, 세상에 확장하고자 한다면 먼저 나를 사랑해야 했다. 자애 명상을 하던 어떤 날엔 술에 취해 울던 내가 떠올랐다. 잊고 싶고, 없었던 사람으로 취급하고 싶은 그 엉망인 얼굴. 나는 그 얼굴을 똑바로 바라봤다. 어리고 어리석던 나를 향해 사랑과 자비의 마음을 담아 진심으로 말해주었다. "괜찮아." 그제야 가슴 한 켠에 얼음처럼 딱딱하게 뭉쳐 있던 응어리가 녹는 것이 느껴졌다.

나에게는 내가 무지했음을 직시할 수 있는 용기가 필요했다. 연민의 마음이 있을 때 비로소 그 용기를 낼 수 있었다. 더 나은 사람이 될 필요도 없었다. 구린 나여도 제대로 바라볼 수만 있으면 되었다. 남들에게 쓸데없이 까칠했던 시선 역시도 내가 나 스스로를 모질고 까칠하게 대했기 때문이라는 것을 자연스럽게 이해하게 되었다. 나는 그게 나의 최선이었을 거라는 선생님의 말을 비로소 이해했다. 내가 그 정

불교적 토대(하)』, 장진영·조성훈·류정도 옮김, 공동체, 2020, 234면.

도의 사람이었다는 것을 받아들이는 게 필요했다. 그건 나를 변명해주는 문장이 아니라 나를 이해하는 문장이었다. 어리석었던 내 모습을 직시하고 연민의 마음으로 바라보자 나는 그저 밉고 거부하고만 싶었던 나를 용서할 수 있었다. 덕분일까. 지긋지긋하던 술과도 깨끗하게 이별할 수 있었다.

그렇게 사랑을 이해하게 되었다. 사랑의 시작은 나였다. 나를 이해하고, 있는 그대로 바라보는 일에서 모든 사랑이 비롯되었다. 그렇게 내 안에 피어난 사랑이 타인을 향해, 세상을 향해 조금씩 번져갔다. 그리고 다시 나에게로 되돌아왔다. 명상은 나를 사랑하는 가장 정확한 방법을 알려주었다.

마음은 기어코 단단해진다

명상을 탐구하러 들어간 대학원의 고급성격심리학 시간, 교수님은 직접 진행했던 상담을 사례로 이론을 설명하셨다. 서로에 대한 뿌리 깊은 무관심, 돈에 대한 집착과 폭언, 지나친 통제와 의심 같은 부부 사이의 갈등이 단골 사례였다. 소설『안나 카레니나』의 첫 문장처럼 행복한 가정은 비슷했지만 불행의 이유는 참으로 제각각이었다. 상황을 설명한 뒤 교수님은 항상 같은 질문을 던졌다.

"이 내담자에겐 어떤 이야기를 해줄 수 있을까요?"

작게 웅성이는 소리 사이로 용기 있는 누군가가 외쳤다.

"이혼이요!"

강의실에선 "와하하" 하고 큰 웃음이 터졌다. 내가 하고 싶은 말도 같았다. 그렇게 같은 질문과 대답이 한 학기 내내 반복되다가 학기가 끝날 무렵이 되어서야 교수님이 마침내 다른 이야기를 꺼내셨다.

"여러분, 이혼은 쉬울까요? 이혼하면 다 잘 살 수 있을까요? 물론 잘 살아가는 사람들도 많아요. 그런데 이혼 후에 더 힘들어지는 사람들도 있어요. 지금 닥친 갈등을 해결하고 함께 잘 살아갈 수 있는 사람에게 자꾸 이혼하라고, 헤어지라고 하면 안 돼요.

상담사는 다른 가능성을 봐줄 수 있는 사람이어야 해요."

웃으며 이야기하셨지만 그 말 속엔 뼈가 있었다. 관계든, 직장이든 잘 끝내는 것이 언제나 정답이 아니라는 건 비슷한 패턴으로 반복되는 나쁜 연애, 도망쳐 들어간 새로운 직장에서 펼쳐지는 비슷한 괴로움을 통해 알 수 있었다. 나를 상수로 두고, 상황을 변수로 두는 삶에는 같은 문제가 반복됐다.

명상, 특히 불교 명상은 나를 변수로 만드는 배움이었다. '앉아만 있는다고 뭐가 달라질까?' 의심하며 시작했지만 수많은 자극에 반응하지 않고 굳건하게 앉아 있는 그 시간은 내 마음을 직면하고 받아들일 수 있는 용기를 길러주었다. 환희지 선생님은 상담은 둘이 하는 명상, 명상은 혼자 하는 심리상담과도 같다고 말했다. 상담사는 내담자의 감정을 알아차리되, 그 감정과 적절한 거리를 유지하며 내담자가 미처 보지 못한 것들을 볼 수 있어야 했다. 명상도 마찬가지였다. 일어나는 생각과 감정을 알아차리지만 거기에 휩쓸리지 않고 바라봐야 했다. 그 시선에 진심 어린 사랑이 있다면 더할 나위 없었다.

상황과 반응에 관련해 괴로움의 선배인 붓다가 전해준 귀한 가르침은 『상윳따 니까야(Saṃyutta

Nikāya)』 중 '화살경'에 잘 나와 있다. 인간은 누구나 첫 번째 화살, 즉 피할 수 없는 고통을 맞지만 그것을 가지고 근심하고 상심하며 슬퍼하고 울부짖고 광란하는 건 두 번째 화살을 스스로에게 쏘는 것과 같다고 했다.*

괴로움 위에 괴로움을 덧대는 건 마음의 반응이었다. 상황과 반응은 꼭 하나의 세트 같지만 않고 배우는 시간이 반복될수록 그 사이에 틈이 생겼다. 그 틈에서 다른 선택이 가능해졌고, 그 선택이 나를 새로운 가능성으로 이끌었다.

괴로움의 복판에 있는 누군가에겐 이런 이야기가 태평한 소리처럼 들릴 수 있다. 하지만 이건 나그네의 옷을 벗긴 건 따스한 햇살이었다는 동화 같은 이야기가 아니다. 세상에 만연한 괴로움을 외면하자는 것도, 내 삶의 불합리를 부정하자는 것도 아니다. 나는 오랜 시간 내가 처한 상황이 불공평하다고 생각했다. 갑을 관계, 남녀 차별, 사회의 여러 불합리한 문화와 관행들. 집이나 직장에서, 더 나아가서는 사회생활을 할 때도 겪게 되는 괴로움들. 그것들에 분노

---

*   『상윳따 니까야 4』, 각묵스님 옮김, 초기불전연구원, 2009, 26면.

로 응수할 때는 아무것도 해결되지 않았다. 오히려 나만 뜨겁고 아팠다. 괴로움을 째려본다고 변하는 건 없었다. 하지만 밖으로만 향하던 시선을 돌려 내 마음을 바라보자 숨은 상처와 두려움이 보였고, 그때 세상을 다르게 볼 수 있게 되었다. 현명함과 명료함도 거기에서 생겨났고, 그런 경험이 쌓이자 괴로움을 품을 수 있는 지혜도 자라났다.

가끔은 앉는 시간이 더 고통스럽게 느껴질 때가 찾아왔다. 그때마다 환희지 선생님이 해주신 말을 기억한다.

"고통에는 두 가지 종류가 있어요. 명상은 고통을 끝내는 고통이에요."

상황이 바뀌어야 내 마음이 평온해질 거라 믿으며 살아왔지만 수행의 시간을 통해 알게 된 건 평온은 어떤 상황에서든 내가 만들 수 있다는 것이다. 빅터 프랭클 박사가 죽음의 수용소에서 발견한 것도 바로 그것이었다. 수용소 안에서 살아남은 사람들은 육체적으로 강한 사람이 아니라 삶에 이유가 있는 사람들이었다. 프랭클 박사는 고통 속에서도 '왜' 살아야 하는지 알아야 그 '어떤' 상황도 견딜 수 있다는 니체의 말을 자신의 경험으로 증명했다. 프랭클 박사는 말했다. 인간에게서 모든 것을 빼앗아갈 수 있어도, 단 한

가지, 마지막으로 남은 인간의 자유, 주어진 환경에서 자신의 태도를 결정하고, 자기 자신의 길을 선택할 수 있는 자유만은 빼앗아갈 수 없다고.*

가장 길게 다녔던 회사가 3년을 넘지 않았던 내가 지금 회사를 10년째 다니고 있다. 힘든 클라이언트는 여전히 있고, 크고 작은 어려움도 매번 생긴다. 야근을 하면서 괴로워하다가 '이걸 왜 내가 하고 있지?'라며 또 독박 피해자 서사를 만들고 있는 내 모습을 알아차리곤 다시 하던 일로 마음을 가져온다. (나중에 평정을 찾고 곰곰 생각해보면 결국 내가 해야 하는 일이 맞기도 하다.) 고통의 끝에 성장과 배움이 있었음은 말할 필요도 없다. 일만큼 나를 벼리고 단단하게 만든 것도 없었다.

육아도 마찬가지. 아이는 이제 두 돌이 지났다. 엄마가 되어 포기하게 되는 게 많아질까, 나를 잃게 될까 두려웠지만 오히려 아이 덕분에 연습하는 마음이 나를 키우고 있다. 태어날 때부터 예정일을 훌쩍 지나 40주 6일이 되어서 나온 아이는 통제와 예측이 소용없는 자기만의 시간표로 나에게 기다리는 법을

---

* 빅터 프랭클, 『빅터 프랭클의 죽음의 수용소에서』, 이시형 옮김, 청아출판사, 2020, 108면.

가르쳐준다. 원하는 대로 하고 싶은 마음을 내려놓고 그저 기다리면서 수용의 마음을 배운다. 남의 탓, 클라이언트 탓, 회사 탓을 하며 코가 맵게 울던 이십대 후반의 이은경은 아마 지금 내 모습을 상상도 못할 것이다.

현자인양 쓰고 있지만 지금도 자주 괴롭고, 자주 도망치고 싶다. 물론 도망치는 것도 현명하고, 필요한 행동이다. 빅터 프랭클 역시 고통의 쓸모를 말하기에 앞서 피할 수 있는 고통을 감수하는 것은 영웅적 행동이 아니라 자기학대임을 명확하게 했다. 하지만 이게 피할 수 없는 고통인지, 피할 수 있는 고통인지를 구분하는 것은 역시 어렵고, 그것 또한 수행의 시간이 도와준다. 때려치우고 도망치고 싶고, 그런 마음이 드는 나를 비난하는 마음이 올라올 때마다 수행에는 완성이 없으니 이런 마음도 저런 마음도 계속 마주해야 하는 것을 상기한다. 이 시간이 지나갈 것임을, 내가 지금 선택할 수 있는 것은 나의 마음 하나뿐임을 떠올린다. 오늘의 나, 오늘의 마음은 매번 새롭다. 고통을 끝내는 고통의 반복 속에서야 마음은 기어코 조금씩 단단해진다. 나는 이제 더 이상 언젠가 찾아올 완벽한 상황을 기다리지 않는다. 그저 오늘의 마음을 바라본다.

종교와 관계 없이 널리 읽히고 사랑받는 경전인 『법구경』은 행복의 비밀을 아주 단순하게 설명한다.

"잘 다스려진 마음은 행복의 근원이다."*

정말로, 정말로, 그것뿐이다.

---

* 　『법구경』, 석지현 옮김, 민족사, 2016, 26면.

명상을 시작하려는 당신에게

이 글을 읽는 여러분이 아침에 일어나 하루를 어떻게 시작하는지, 또 하루의 끝은 어떻게 보내는지 묻고 싶다. 성가신 알람 소리에 '둥근 해 저거 또 떴네' 읊조리며 일어나지는 않는지. 침대에서 벗어나지도 않은 채 간밤에 놓친 소식은 없나 휴대폰 스크롤을 내리고 있지는 않는지. 이렇게 시작한 하루를 '아 내일 회사 가기 싫다' 생각하며 의미 없는 영상을 시청하다 겨우 잠들며 마무리하지는 않는지. 보통 우리는 하루의 시작과 끝, 그리고 대부분의 시간을 무의식적으로 보낸다. 그럴 때 우리 마음은 몸이 있는 곳이 아니라 과거나 미래 어딘가에 가 있다.

명상은 어렵지만 어렵지 않다. 핵심은 내 몸이 있는 여기에 마음을 함께 두는 것이다. 지금 이 순간에 나의 호흡, 나의 감각, 나의 생각을 두고 관찰하는 힘을 키워가는 훈련이다. 그건 생각보다 쉽지 않다. 지금 눈으로 이 글을 읽으면서도 머릿속에 다양한 생각들이 지나갈 것이다. 아까 누군가에게 들었던 말일 수도 있고, 과거의 기억일 수도 있고, 책을 덮은 후 해야 하는 일거리일 수도 있다. 이렇게 습관대로 부유하는 마음을 잘 관찰해서 여기에 머물게 하는 훈련을 반복하다 보면 내 안에 이미 존재했던 고요함과 명료함을 마주할 수 있게 된다. 그러다 보면 우리가 익히 들어 잘 알고 있는 주의력 개선, 집중력 향상, 스트레스 감소는 물론 불안과 우울이 줄어드는 명상의 효과를 누릴 수 있게 되는 것이다.

명상을 한 번도 해본 적이 없어도 괜찮다. '코끼리'나 '마보' 같은 전문 앱을 활용해 믿음직한 선생님의 목소리를 가이드 삼는다면 더 쉽고 편안하게 명상을 경험할 수 있을 것이다. 조금 익숙해지면 가이드 없이 홀로 앉아 자신의 내면과 대면해볼 것을 권한다. 무수한 명상 중 가장 쉽게 접근할 수 있는 것은 호흡 명상이다. 방법도 아주 간단하다. 허리를 곧게 세운 편안한 자세로 앉아 코끝에 의식을 집중해 들고 나는 숨에 의식을 둔다. 생각이 떠오르면 알아차리고 다시 호흡으로 주의를 가져오면 된다. 자꾸 생각이 떠오른다면 숨에 숫자를 붙여보는 것도 하나의 방법이다. 다만 숫자를 끝없이 세지 않고 열까지 간 뒤 다시 하나로 돌아오기를 반복한다. 호흡에 주의를 두는 것이 익숙해졌다면 이후 몸의 감각, 떠오르는 생각과 감정을 관찰하는 것으로 대상을 넓혀갈 수 있다.

이 짧은 명상을 일어난 직후와 잠들기 직전에 해볼 것을 권하고 싶다. 의식적으로 시작하는 하루의 시작과 끝이 얼마나 큰 차이를 만드는지 직접 경험해 봤으면 좋겠다. 눈을 뜨자마자 휴대폰 화면 대신 나의 마음을 마주하는 것만으로도 하루의 리듬이 한결 차분하고 단단해진다. 잠들기 전 호흡을 바라보는 시간은 마음의 샤워와도 같다. 가능하다면 매일, 꾸준히 해보길 바란다. 명상 자체보다 더 어려운 건 그걸 계속하는 것이다. 하지만 그만큼 가치가 있다. 하루의 시작과 끝을 스스로 정돈하는 일이 쌓이면 삶 전체의 결이 조금씩 달라지는 걸 느낄 수 있다.

더 아름다운 사실은 명상이 일상을 정돈하는 기술에서 그치지 않는다는 것이다. 숨을 바라보는 단순한 연습은 결국 내 마음의 패턴을 마주하는 일로 확장되고, 반복되는 생각과 감정의 뿌리가 어디에서 오는지 알게 된다. 마음을 관찰하는 일이 쌓이면 불교 명상에서 말하는 '있는 그대로 보기'가 무엇인지 어렴풋이 이해되는 순간이 온다. 만약 명상으로 삶을 더 깊이 이해할 수 있기를 바란다면 불교 명상은 선명한 안내서가 되어줄 것이다.

마음을 다루는 기술을 넘어 나라는 존재를 어떻게 마주하고, 어떻게 살아갈 것인가를 묻기 시작할 때 명상은 수행이 된다. 수행은 나선형의 계단과 같다. 같은 자리에서 맴도는 것 같은 좌절감이 들 때도 사실은 조금씩 위로 올라가고 있다. 반복처럼 보이는 이유는 우리 마음의 패턴이 그만큼 깊게 새겨져 있기 때문이다. 불교나 요가 같은 수행 전통이 오랜 세월 축적해온 가치는 이런 곳에서 드러난다. 어디를 향해 어떻게 걸어가야 할지 상세하고 친절한 지도가 불교 명상에 있다. 내가 불교 명상을 만나 지속적인 수행을 이어오게 된 이유도 이런 명쾌함 때문이었다. 마음이라는 미지의 세계를 향한 수만 가지 질문과 탐구, 그것을 관통하는 근원적 답이 여기에 있었다. 마음을 주의 깊게 관찰하는 것 자체가 수행이었다. 흩어져 접하던 지식들도 불교를 공부한 뒤에야 구조 속에서 이해되기 시작했다.

공부의 인연은 흐름에 맞게 자신에게 찾아온다. 서점이나 도서관에서 우연히 만난 책일 수도, 유튜브에서 흘러나온 영상일 수도 있다. 갑자기 눈에 들어오는 특강이 생겨서 참석하게 될지도 모른다. 조금 더 시간을 내어 짧은 수행에 참여해보거나 긴 일정을 잡고 떠나는 용기를 내볼 수도 있다. 그러다 보면 깊이 있는 배움을 이어가고 싶다는 마음이 자연스레 생겨나기도 한다.

명상을 시작하려는 사람들이 과학이나 종교라는 단어에 걸려 넘어지지 않고 자유롭게 배움을 이어가기를 바란다. 보이지 않는 세계는 어떤 말로도 포장할 수 있다. 과학적 명상을 표방하면서 실은 사이비 단체인 곳도 있고, 종교의 옷을 입고 있지만 합리적이고 이성적인 가르침을 전하는 곳도 있다. 중요한 건 그곳이 내걸고 있는 이름이 아니라 그 안에서 실제로 일어나는 경험과 내가 받는 영향이다. 내가 느끼는 변화와 내 삶에서 확인되는 현실이 더 정확한 기준이 된다. 맹목적인 믿음이 아니라 합리적인 의심을 품을 수 있어야 한다.

"이게 나를 지혜롭게 하는가?"

"이게 나를 자유롭게 하는가?"

나의 선생님은 늘 두 가지 질문을 품고 수행을 이어갈 것을 주문하셨다. 지혜와 자유. 수행을 통해 우리가 닿을 수 있는 정수이며, 스스로에게 줄 수 있는 가장 커다란 사랑이다. 명상은 지혜롭고 자유로운 마음을 위한 훈련이다. 늘 파도 치는 바다 같은 삶을 헤엄치기 위해 안전한 수영장에서 마음을 연습하는 일이다. 언젠가 그 바다에서 우리가 조금 더 가벼운 마음으로 서로를 알아볼 수 있기를 바란다.

나를 만든 세계, 내가 만든 세계
'아무튼'은 나에게 기쁨이자 즐거움이 되는,
생각만 해도 좋은 한 가지를 담은 에세이 시리즈입니다.
위고, 제철소, 코난북스, 세 출판사가 함께 펴냅니다.

아무튼, 명상

초판 1쇄 2026년 1월 25일
초판 2쇄 2026년 2월 10일

지은이 이은경
편집 이솔림
디자인 일구공
제작 세걸음

펴낸곳 위고
펴낸이 조소정
등록 제2012-000115호
주소 경기도 파주시 광인사길 209, 302호
전화 031-946-9276, 9277
팩스 031-696-6729

hugo@hugobooks.co.kr

ISBN 979-11-93044-39-1 02810